AF284649

Dramatischer Tod

Günther Tabery

Bibliografische Information der Deutschen Nationalbibliothek:

Die Deutsche Nationalbibliothek verzeichnet diese Publikation in der Deutschen Nationalbibliografie; detaillierte bibliografische Daten sind im Internet über: http://dnb.dnb.de abrufbar.

© 2018 Günther Tabery

Cover: Jutta Schultz, Berlin

Herstellung und Verlag:

BoD – Books on Demand, Norderstedt

ISBN: 978-3-7528-2195-6

Martin betrachtete sich im Spiegel. Ihm gefiel das blaue Seidenhemd sehr gut, das er sich am Nachmittag neu gekauft hatte. Das Zusammenspiel seines glänzenden Hemds, der schwarzen Stoffhose und den polierten Lackschuhen verlieh ihm einen edlen und schicken Touch. Und es betonte seine schlanke Figur, die er dank einer anstrengenden Diät während der letzten drei Monate wieder zurückgewonnen hatte. Nun stand er da und betrachtete sich von allen Seiten, strich sich dabei über den Bauch und machte zustimmenden Laute, wie: „hm" oder „ja". Hin und wieder nickte er zufrieden. Veronika lehnte im Türrahmen und beobachtete ihn. Sie konnte ein Lächeln nicht unterdrücken. `Und dabei heißt es immer: Frauen seien eitler als Männer!´, dachte sie. Langsam schlich sie zu ihm hinüber und strich ihm über die Schulter. Nun trafen sich die Blicke beider im Spiegel und Martin lächelte, als er Veronika erblickte. Sie sah besonders hübsch aus in ihrem rotschwarzen Abendkleid. Beide hatten sich schick gemacht, weil sie heute Abend zu einem Theaterstück in das Bruchsaler Amateurtheater *Die Muschel* eingeladen worden waren. Gerald, Martins bester Freund, spielte darin eine Rolle. Schon öfter wollten sie Gerald spielen sehen, es hatte sich aber bisher nie ergeben. Heute nun sollte „Endstation Sehnsucht" von Tennessee Williams gespielt werden. Ein Drama, das seiner Zeit mit Marlon Brando verfilmt wurde. Veronika wollte wissen, worum es in dem Stück ginge. Also fasste Martin, der zuvor intensiv den Schauspielführer studiert hatte den Inhalt in kurzen Worten zusammen: „Blanche du Bois, die alternde `Southern Belle´, trifft mit ihrer Schwester Stella in der vulgären Welt ihres Schwagers Stanley Kowalski zusammen. Sie spielt die `Grande Dame´ der Herrenklasse. Jedoch macht sie die psychische, moralische und materielle Dekadenz sehr sensibel und zerbrechlich. Sie verschleiert ihre dunkle Vergangenheit, die jedoch von Stanley, der sie nicht leiden kann, jäh entlarvt wird. Doch zuvor betritt ein Hoffnungsträger, Mitch, die Bühne. Ein unverheirateter Freund Stanleys." Er unterbrach seinen Vortrag und warf ein: „Ich glaube, diese Rolle spielt Gerald!" Gekonnt sprach er weiter: „Es könnte gehen mit ihm, Blanche könnte die quälende Enge der Kowalskischen Wohnung verlassen. Aber das Stück endet damit, dass die labile Blanche, durch ihre Schwester Stella initiiert, von einem Arzt in eine Irrenanstalt eingeliefert wird."

Veronika blickte Martin fragend an. Ihre Augen verrieten, dass sie lieber einen vergnüglicheren Abend mit leichterer Kost diesem schweren Stück vorziehen würde. „Das klingt etwas anstrengend", bemerkte sie.

„Ja, es klingt sehr anspruchsvoll und ernst, du hast Recht. Es ist vielleicht nichts Lustiges, so wie du es dir wünschst. Aber ich denke, es wird bestimmt ein beindruckender Theaterabend. Gerald sagte, dass sie nun schon drei Monate dafür proben und wir gespannt sein können." Er fasste ihre Hand.

„Ich habe heute wenig Lust, drei Stunden lang depressives Theater anzuschauen."

Martin strich ihr über die Wange. „Gerald freut sich, dass wir kommen und ich mich auch."

„Ist schon gut, auf der anderen Seite freue ich mich ja auch, das erste Mal mit dir in *Die Muschel* zu gehen." Sie seufzte, betrachtete sich im Spiegel und entschied sich, ihren Lippenstift noch einmal nachzuziehen.

Martin blickte auf die Uhr. Es war viertel vor sieben, Zeit, aufzubrechen. Das Amateurtheater *Die Muschel* lag unweit vom Bruchsaler Friedhof auf einer Anhöhe inmitten eines ruhigen Wohngebietes. Der Weg war nicht weit von ihrer Wohnung aus, so konnten sie das Auto stehen lassen und zu Fuß dort hingehen. Frühlingsduft lag in der Luft. Überall sprießten Blumen in den buntesten Farben hervor und die Bäume trieben aus. Es war ein friedlicher und ruhiger Abend. Die Sonne schien noch goldgelb und wärmte ihre Gesichter. Als sie bei der *Muschel* ankamen, standen schon unzählige Menschen in Abendroben am Eingang. Martin und Veronika mussten sich vorbeidrängen, um ihre reservierten Karten rechtzeitig abzuholen. Es war heute die Premiere des Stückes und das Theater war vollkommen ausverkauft.

Da Martin und Veronika zuvor noch nie in der *Muschel* waren, schauten sie sich neugierig um. Im Foyer gab es eine bunt beleuchtete, kleine Bar. Zwei freundlich aussehende Mitarbeiter verkauften Getränke und Snacks. Martin bestellte sich zwei Gläser Sekt. Freudig stießen beide an. Sie lenkten ihre Schritte in einen kleineren angrenzenden Raum, in dem einige Tische standen, die liebevoll mit Blumen geschmückt waren. Dort ließen sie sich nieder. An den Wänden hingen Plakate von früheren Aufführungen in der *Muschel*. Martin erblickte Geralds Gesicht auf einem der Plakate. `Unsere kleine Stadt´, hieß das Theaterstück. Martin schmunzelte. Es ist schon toll, mit einem der Schauspieler bekannt zu sein, dachte er. „Theater ist schon etwas ganz Besonderes, findest du nicht auch?"

„Hm, ja", ließ Veronika zustimmend verlauten, während sie an ihrem Glas nippte.

„Die ganze Stimmung. Es liegt buchstäblich etwas in der Luft. Es knistert förmlich. Die Anspannung vor dem Beginn der Aufführung. Das Warten auf die einzelnen Schauspieler. Und alles ist live, ohne doppelten Boden."

„Ja, da hast du Recht. Das ist schon sehr aufregend."

Dann öffnete sich eine Tür, auf der das Wort `Privat´ stand. Ein geschminkter Schauspieler steckte für einen kurzen Moment seinen Kopf heraus. Als er Martin und Veronika erblickte, begann er zu lachen: „Hey Martin und Veronika, da seid ihr ja!"

„Gerald, wie schön dich zu sehen!" Martin ging auf ihn zu. „Und, bist du sehr aufgeregt?"

„Ja, schon. Aber es wird schon gehen. Gleich machen wir unser Warm-up und dann geht's los. Habt Ihr Eure Karten schon?"

„Ja, ich habe sie schon abgeholt."

„Dann ist gut. Ich bin froh, dass ihr da seid." Er ging vorsichtig an Martin vorbei und blickte in das Foyer. Dann kam er zurück und flüsterte: „Ich habe eine Überraschung für euch. Ich werde euch heute Abend jemanden vorstellen."

Martin legte den Kopf auf die Seite: „Eine Frau? Hast du jemanden kennengelernt?"

Gerald nickte. „Ja, habe ich. Aber ich wollte erst einmal abwarten, ob es etwas Ernstes wird, bevor ich sie euch vorstelle. Sie wird sich die Vorstellung anschauen. Ich bin unheimlich nervös."

Martin klopfte ihm freudig auf die Schulter: „Du alter Windhund!"

„Oh, da sind wir gespannt." Veronika lächelte Gerald zu.

„Und ich sage euch, sie ist eine wunderbare Frau. Also, dann bis nach dem Stück." Sogleich war Gerald verschwunden.

Martin hob sein Glas und stieß mit Veronika an. „Da hat der alte Junge eine Frau kennengelernt. Das ist schön für ihn." Er kannte Gerald nun schon seit zweiundzwanzig Jahren, seit ihrer gemeinsamen Ausbildung zum Fotografen. Und diese gesamte Zeit über war Gerald Single gewesen, abgesehen von einigen unglücklichen Versuchen, die jedoch schnell ins Nichts verliefen. Ein oder zwei Mal war Gerald unglücklich verliebt gewesen, aber seine Liebe wurde nie erwidert. So war er unfreiwillig zum Langzeitsingle geworden. Mit den Jahren hatte er sich langsam damit abgefunden. Martin konnte nie verstehen, warum sich keine Frau in Gerald verliebte. War er doch lustig, charmant, aufrichtig und ehrlich und nach seinem Dafürhalten auch ein attraktiver Mann. Aber nun hatte er also sein Glück gefunden. Martin war ganz neugierig, später alles über ihn und seine neue Freundin zu erfahren. Er dachte an sein erstes Zusammentreffen mit Veronika, damals in der Schubertstraße in Karlsruhe. Und an das große

Glücksgefühl, was er empfunden hatte und nun auch Gerald empfinden musste. Da riss ihn ein warmer Glockenton aus seinen Gedanken. Offenbar war jetzt Einlass und die Zuschauer sollten ihre Plätze einnehmen. Er und Veronika erhoben sich, brachten ihre Gläser zurück an die Bar und betraten den etwas abgedunkelten Theaterraum. Vollbesetzt fasste das Theater knapp einhundert Sitzplätze, die auf einer Tribüne nummeriert angeordnet waren und stufenweise nach hinten anstiegen. Sie hatten sehr gute Sitzplätze in der dritten Reihe. Vermutlich sah man auf allen Plätzen gut, da die Entfernung zur Bühne nur gering war. Im Hintergrund wurde Musik eingespielt. Die langsamen Swing- und Jazzklänge passten ideal zum Stück, das im schwülen New Orleans angesiedelt war. Der zweite Glockenton erklang. Martin sah die letzten Zuschauer ihre Plätze aufsuchen. Dann wurde es still. Das Licht erlosch und das Stück begann.

Von Beginn an wurde die Geschichte um Blanche in ihrer Rivalität mit Stanley unerbittlich und ehrlich dargeboten. Martin hatte das Gefühl, dass die Schauspielerin der Blanche ihre Rolle nicht nur spielte, sondern lebte. Sie hatte eine einnehmende Ausstrahlung. Und auch Stella, die Schwester, war trotz ihrer Hilflosigkeit Stanley gegenüber nicht nur ein Hausmütterchen, sondern eine unabhängige Frau. Insgesamt war die naturalistische, eher filmische

Inszenierung mit ihren liebevollen Details packend und stimmig und krönte vor der Pause in einem langen, traurigen Monolog Blanches, in dem sie von ihrem homosexuellen Ehemann erzählte, der sich selbst aus Hilflosigkeit umbrachte.

Martin hielt Veronikas Hand fest gedrückt, als das Licht wieder anging und die Pause eingeläutet wurde. Sie schauten sich an und waren sich wortlos einig, einem außergewöhnlichen Theatererlebnis beizuwohnen. Veronika hatte ihre anfängliche Skepsis überwunden. Für Amateure war das eine ungewöhnlich gute Leistung, befand Martin. Die Schauspieler hatten ein fast professionelles Niveau. Veronika wollte einen Moment an die frische Luft gehen. Beide standen unter dem überdachten Eingangsbereich. „Das ist schon eine tragische Figur, die Blanche", begann Veronika. „Gescheitert im Leben, sucht sie Zuflucht bei ihrer Schwester. Und dann trifft sie auf diesen animalischen Stanley. Primitiv ist er."

„Wenn man sich vorstellt, dass Stanley in der einen Szene im Vollrausch seine Frau Stella geschlagen hat? Bei so einem Kerl sollte sie nun wirklich nicht bleiben."

„Aber sie wird es, du wirst es sehen. Sie wird zu Stanley halten und nicht zu ihrer Schwester."

„Ja, ich weiß. Ich hab´s ja gelesen."

„Gerald macht seine Sache auch gut. `Mitch´, das ist eine liebenswerte Rolle. Der gute Mensch in diesem Stück. Es wäre schön, wenn er und Blanche im Stück zusammenkämen."

„Ja, das wäre schön."

„Fast unerträglich mitanzusehen, wenn man im Voraus weiß, wie es ausgeht."

Beide schwiegen für einen Moment und dachten über das Gesehene nach, was bei ihnen zweifellos einen bleibenden Eindruck hinterlassen hatte. Martin blickte sich um und auch die anderen Gäste schienen ergriffen zu sein.

Der Glockenton gab an, dass die Pause vorüber war und das Stück nun weitergehen sollte. Neugierig nahmen Martin und Veronika wieder ihre Plätze ein. Der zweite Teil steigerte sich gegenüber dem ersten Teil noch in der Dramatik. Mitch ließ Blanche fallen, weil sie nicht rein genug für seine Mutter sei. Stanley vergewaltigte Blanche, während seine Frau in der Klinik sein Kind zur Welt brachte. Der Abgang von Blanche mit dem Arzt einer Irrenanstalt war ein fast unerträglicher Moment. Nachdem das Licht auf der Bühne ausging, dauerte es einen Moment, bis der Beifall begann. So gepackt waren die Zuschauer. Dann jedoch durften sich die

Schauspieler mehrmals verbeugen und der Applaus schien nicht mehr enden zu wollen.

Martin und Veronika verließen mit den anderen Zuschauern den Theaterraum. An der Bar kauften sich beide ein Getränk. Wollten sie doch auf alle Fälle auf Gerald warten und ihm sagen, wie toll sie seine Aufführung fanden. Es dauerte etwa zwanzig Minuten, bis die meisten Gäste gegangen waren. Einige wenige blieben im Foyer, um die Bar herum stehen. Wahrscheinlich waren diese auch Freunde oder Verwandte. Plötzlich öffnete sich die Tür des Theaterraums und die Darstellerin der Blanche kam zusammen mit zwei weiteren Schauspielerinnen heraus. Sogleich kamen drei junge Männer auf sie zu und Martin hörte Komplimente, wie: „Kimberly, du warst wunderbar als Blanche! Unglaubliche Leistung! Ganz großes Theater!" Und auch die anderen Schauspielerinnen bekamen Aufmerksamkeit: „Katharina, ich hab dir die Stella total abgenommen. Du warst wunderbar! Und du Manuela, hattest zwar nicht so viel zu tun, aber die Arztfrau hatte unheimliche Stärke."

Dann kam der Darsteller des Stanley heraus. Ganz befremdlich war es für Martin, als er sah, dass dieser die Darstellerin der Stella in den Arm nahm und küsste. Offenbar waren diese im wahren Leben ebenso ein Paar gewesen.

In der Ecke stand schüchtern eine Zuschauerin, die ebenso auf einen Darsteller wartete. Sie hatte braune lange Haare, eine schlanke, zierliche Figur und ebenmäßige Gesichtszüge. Als die Tür abermals aufging und Gerald ins Foyer trat, kam sie ihm sogleich entgegen. Er küsste sie auf die Wange und Martin wusste sofort, dass diese junge Frau wohl Geralds neue Freundin war. Auch Martin und Veronika gingen auf Gerald zu.

„Herzlichen Glückwunsch, Gerald, du warst wunderbar!", lobte Veronika.

„Ganz toll!", Martin klopfte ihm auf die Schulter.

„Danke, vielen Dank euch beiden. Und wie fandst du das Stück?", Gerald wandte sich an die junge Frau.

Diese antwortete: „Du hast sehr gut gespielt. Ich fand alles richtig gut!"

Gerald umarmte sie. „Sehr schön. Und jetzt möchte ich euch meine Herzdame vorstellen. Das ist Leni." Stolz präsentierte er sie.

Etwas errötet sprach sie: „Gerald hat mir schon viel über euch erzählt. Ich freue mich, euch jetzt endlich persönlich kennenzulernen."

„Die Freude ist ganz unsererseits!" Martin und Veronika schüttelten ihr die Hände.

Während sich Gerald, Veronika und Leni weiter über das Stück und seine Schauspieler unterhielten, betrachtete Martin Gerald von der Seite aus. Wie glücklich Gerald in diesem Moment war und ja, wie sympathisch seine Leni schien. So leicht und unbeschwert hatte er seinen Freund noch nie gesehen.

Dann kamen die übrigen Schauspieler zu den anderen ins Foyer. Es wurde nochmals geklatscht. Die Stimmung war ausgelassen. Der Regisseur überreichte allen Darstellern eine gelbe Rose als Zeichen seiner Anerkennung. „Und nun lasst uns anstoßen und ausgiebig feiern!", rief dieser.

„Wir müssen noch die Tische aufstellen und das Buffet anrichten", meinte Margot, eine der älteren Schauspielerinnen.

„Ich helfe dir", sagte Armin, der den Arzt gespielt hatte.

Eine kleine Gruppe ging wieder zurück in den Theatersaal, um dort auf der Bühne alles für die traditionelle Premierenfeier zu richten.

„Ihr bleibt doch auch noch ein bisschen da und feiert mit uns?", fragte Gerald.

Martin und Veronika schauten sich an und ohne sich absprechen zu müssen, nickten sich beide zu. Gerald freute sich sehr. Er erklärte Martin, Veronika und Leni, dass bei der Premierenfeier zuerst ein kleiner offizieller Teil stattfinden würde, bei dem der 1. Vorsitzende der Theatervereins `Die Muschel´ eine kleine Ansprache hielt. Danach würde er das Wort an den Regisseur geben, der an jeden Darsteller ein paar persönliche Worte richten und kleine Präsente verteilen würde. Nach dem gemeinsamen Essen würde dann der lockere Teil beginnen, bei dem man zusammen sitzt und redet, trinkt und auch tanzt. Das hörte sich gut an, befand Martin.

Margot kam unterdessen ins Foyer und verkündete, dass alles für die Feier gerichtet sei. Alle, die zusammenstanden folgten ihr und jeder suchte sich einen Platz an einem der Tische. Der 1. Vorsitzende des Vereins erhob sich und hielt eine überschwängliche Rede über die Leistung des gesamten Teams, wie gut so eine erfolgreiche Produktion dem Theater tun würde und wünschte allen Beteiligten viel Kraft und Erfolg für die kommenden sechs Aufführungen.

Danach war der Regisseur an der Reihe. Er rief nacheinander alle Schauspieler zu sich und sagte zu jedem etwas Persönliches, was zeigte, wie nah und verbunden sich alle waren. Als Premierengeschenk verteilte er kleine Spieluhren, die die Melodie einer Polka spielten, angelehnt an die `Varsouviana´, eine Polka, die immer dann im Stück im Hintergrund zu hören war, wenn Blanche ihre traurigen Momente hatte.

Der Regisseur verkündete, dass nun das Buffet eröffnet war und die Feier beginnen könne. Das Essen war reichhaltig mit vielen Salaten, Frikadellen, Antipasti und Broten. Auch zum Nachtisch gab es eine Auswahl an Cremes, Obstsalaten und Puddings. Martin und Veronika saßen mit Leni und Gerald zusammen.

„Jetzt erzähl mal was über die Gruppe, Gerald. Die scheinen alle sehr nett zu sein oder?", wollte Martin wissen.

„Ja, das sind sie. Allen voran unsere Kimberly, die Blanche gespielt hat. Sie ist total zurückhaltend und nett. Ein Schatz. Sie ist ein „Muschelkind" und spielt schon von Kindesbeinen an. Ihre Eltern waren Gründungsmitglieder des Theaters. Ihre Darstellungen sind immer phantastisch. Dann sitzen dort drüben Katharina und Udo. Sie spielten das Paar Stella und Stanley. Die beiden sind verheiratet und haben zwei Kinder. Sie sind auch sehr angenehm und dem Verein eng verbunden. Immer wenn Not am Mann ist oder wenn Leute gebraucht werden, um etwas zu helfen, dann sind sie an erster Stelle da." Seine Blicke schweiften weiter. „Dann sind da noch Frederick und Manuela, sie sind auch ein Paar. An dem Tisch dort drüben sitzt Erik, der ist ein bisschen seltsam. Ein Eigenbrötler und nie richtig zufrieden mit dem, was er macht. Ja und zum Schluss gibt es noch Armin, aber über ihn kann ich noch nicht so viel sagen. Es ist das erste Stück, das er in der *Muschel* mitspielt. Er ist eher zurückhaltend."

Martin hörte genau zu und nickte ab und an. Er konnte sich aber nicht genau merken, wer nun wer war oder wer mit wem zusammen war. „Und der Regisseur?"

„Olaf? Ja der ist toll. Er hat ein gutes Händchen mit uns allen bewiesen und ich finde die Inszenierung richtig gelungen. Er hat schon oft Regie geführt und ich würde sagen, er ist ein Halbprofi. Ich habe zwar wenige Vergleichsmöglichkeiten, aber er ist der beste Regisseur, mit dem ich bisher gearbeitet habe."

Martin nickte. Er bewunderte Gerald, der vollkommen aufzugehen schien in diesem Theaterverein.

Nach und nach beendeten die Gäste ihr Essen. Die Musik wurde immer lauter und lud zum Tanzen ein. Je später der Abend war, desto ausgelassener wurde die Stimmung. Die Leute erhoben sich von ihren Plätzen, liefen herum, unterhielten sich und tanzten. Auch Martin und Veronika konnten sich nicht auf den Plätzen halten und tanzten ausgelassen mit. Nach und nach lichteten sich die Gäste. Nur das Ensemble hielt Stellung. Gegen ein Uhr nachts fiel Martin auf, wie Katharina besorgt von einem zum anderen ging. Er hörte: „Habt ihr Udo gesehen? Ich möchte gerne nach Hause gehen, aber ich kann ihn nirgends finden." Doch niemand schien ihn gesehen zu haben. Sie kam auch zu Martin und Veronika: „Habt ihr meinen Mann gesehen? Wir müssen unbedingt nach Hause gehen. Unser Babysitter kann ja nicht die ganze Nacht bei uns bleiben."

„Nein, aber wir können dir helfen ihn zu suchen. Weit wird er ja nicht sein." Martin und Veronika gingen die Räumlichkeiten der Muschel gemeinsam ab. Sie suchten im Foyer, dem angrenzenden Foyer 2 mit den Stühlen und den Plakaten und öffneten schließlich die Tür, auf der `Privat´ stand. Dahinter verbarg sich die Küche des Theaters. Aber auch dort war Udo nicht gewesen. Eine weiterführende Tür führte in das Stuhllager, das den Schauspielern als Aufenthaltsraum diente und in dem die ganzen Kostüme und Requisiten aufbewahrt wurden. Auch dort war Udo nicht zu finden. „Ich schau mal auf der Toilette nach", sagte Martin und Veronika schaute vorsichtshalber auch auf der Damentoilette nach. Beide trafen sich in der Küche wieder, doch ohne Erfolg.

Katharina öffnete eine Stahltür, die vom Stuhllager hinaus auf eine Terrasse führte. Martin und Veronika folgten ihr. Es war dunkel und sie hatten Mühe alles zu überblicken. „Udo?!", rief Katharina. „Udo, bist du hier draußen? Wo bist du denn?"

Da sah Martin, dass am hinteren Ende der Terrasse ein Durchgang geöffnet war. Dort brannte Licht. Vorsichtig gingen sie dort hin. „Aber das ist die Garage. Was sollte

Udo denn dort in der Garage tun?", fragte Katharina ungläubig. Als sie die Tür öffneten, stieß Katharina einen lauten, gellenden Schrei aus. „Udo!" Udo lag zusammengekauert auf dem Boden. In der seiner Brust steckte ein Schraubenzieher. In den Mundwinkel sah man Blut. Katharina beugte sich über ihn und begann zu weinen. „Udo, Udo, bitte steh auf, bitte!" Sie rüttelte an ihm und schrie ihn aufgelöst an. Doch er blieb regungslos. Entsetzen spiegelte sich in ihrem Gesicht wieder. Martin kniete sich neben ihn und fühlte seinen Puls. Udo war tot.

2

Katharina erstarrte. Die Zeit schien still zu stehen. Martin und Veronika blickten sich an. Ihnen war sofort bewusst, was zu tun war. „Schnell, ruf die Polizei!", flüsterte Martin Veronika zu. Sogleich verschwand Veronika. Katharina saß wie versteinert neben dem Leichnam. Ihre Augen waren verschlossen und sie atmete nur flach. Martin strich ihr über den Rücken. Leise sagte er: „Es tut mir leid, Katharina." Dann nahm er Abstand von ihr, blieb aber in der Garage, für den Fall, dass sie Hilfe benötigte. Sie steht unter Schock, dachte er. Ihr Körper ist angespannt und zittert leicht. Martin beobachtete, wie sie langsam in sich zusammen sackte. Schnell war er zur Stelle und hielt sie in seinem Arm. Sie hatte das Bewusstsein verloren. Martin überprüfte, ob sie noch atmete. Dann legte er sie vorsichtig in die stabile Seitenlage, nahm eine Decke, die er in einem der Regale fand und deckte sie zu, damit sie nicht auskühlte. Die Sekunden vergingen nur langsam.

Plötzlich hörte er Schritte. Er konnte die dunklen Silhouetten mehrerer Personen draußen auf der Terrasse erkennen. Dann sah er, wie Olaf, der Regisseur, einen Schritt ins Licht trat und in die Garage kam. Er starrte auf den Toten. „Also ist es wahr, was die Frau eben sagte? Es ist furchtbar!" Er erblickte Katharina und erschrak: „Oh mein Gott, und was ist mit Katharina?"

Gerade wollte Olaf Martin zu Hilfe kommen, da sagte dieser: „Sie ist in Ohnmacht gefallen. Sie wird bald wieder zu sich kommen. Ich kümmere mich um sie."

Martin hörte, wie draußen leise jemand zu weinen anfing. Dann sagte er: „Bitte, geht wieder ins Theater, es gibt hier nichts zu sehen. Die Polizei wird gleich da sein. Ich bitte euch."

Langsam und stumm ging die Gruppe wieder hinein. Die Musik wurde abgestellt und im Theater wurde es still. Veronika kam wieder zurück: „Die Polizei wird gleich hier sein."

„Gut. Wir müssen uns um Katharina kümmern."

Veronika strich ihr über die Wange. Dann hörten sie einen leisen Seufzer. Katharina kam wieder zu sich. Sie blickte Martin in die Augen. Schlagartig war ihr wieder bewusst, was geschehen war. Sie bat flehend „Ich muss zu meinen Kindern. Bitte, lasst mich nach Hause gehen. Ich will meine Kinder sehen, bitte!"

Martin versuchte sie zu beruhigen und nahm sie in seinen Arm. Daraufhin fing sie zu weinen an: „Warum nur? Warum tut jemand so etwas? Was soll nur jetzt geschehen?"

Martin und Veronika konnten die Frage nicht beantworten. Überhaupt konnten sie in dieser Situation nichts Sinnvolles sagen, was Katharina in ihrem Schmerz hätte helfen können. In der Ferne hörte man Sirenen heulen. Es dauerte keine fünf Minuten bis mehrere Polizisten und ein Notarzt in die Garage kamen. Der Arzt beugte sich über den Toten und fing an, ihn zu untersuchen. Die Polizisten baten, dass vorerst alle am Abend beteiligten Personen im Theater warten und sich für Verhöre bereithalten sollten. Katharina stütze sich auf Martin. Veronika ging voran. Als sie in den Theaterraum eintraten, sahen sie, wie die Gruppe zusammen saß, teilweise gefasst, teilweise mit Tränen in den Augen. Gerald kam auf Martin zu: „Wie konnte das nur geschehen? Es ist unfassbar! Wer konnte Udo so etwas Grausames angetan haben? Die arme Katharina."

„Das weiß ich nicht, Gerald. Die Polizei wird es hoffentlich herausfinden. Lass mich erstmal einen Schluck Wasser trinken." Er nahm sich einen Becher und goss sich ein. Dann fragte er in die Runde: „Sind denn alle hier versammelt oder fehlt noch jemand?"

Olaf sah sich um: „Es sind einige bereits gegangen. Das hier war der harte Kern."

Martin schaute in die Runde. Es waren fast alle Schauspieler hier geblieben außer Margot, die das Buffet angerichtet hatte und Kimberly, die Blanche spielte. Angehörige und Freunde der Schauspieler waren ebenso frühzeitig gegangen. Nur noch er, Veronika und Leni waren mit den Schauspielern hier geblieben. Mit Veronika und mir sind es elf Personen, die also zu später Stunde noch anwesend waren, dachte Martin. Laut fragte er: „Wer hat Udo als letztes noch lebend gesehen?"

Die Gruppe sah sich an.

Armin antwortete: „Ich habe ihn draußen mit Gerald auf dem Hof rauchen sehen. Das mag vielleicht so gegen 23 Uhr gewesen sein."

„Stimmt, das kann ich bezeugen. Das habe ich auch gesehen", bestätigte Erik.

„Und später? Hat ihn noch jemand anderes gesehen?"

Alle blickten sich an, doch niemand sagte etwas.

„Also niemand?", fragte Martin.

„Es ist schwierig genau zu sagen, wo jemand war, denn alle tanzten durcheinander und tranken und unterhielten sich. Also, ich kann nicht mit Sicherheit sagen, wen ich wo gesehen habe", wandte Frederick ein.

Die anderen nickten zustimmend. Ja, das ist wohl wahr, dachte Martin. In dem Trubel konnte man wirklich nicht genau sagen, wer sich wo aufgehalten hatte. Er setzte sich nun zu Gerald, Leni und Veronika an den Tisch und verstummte. Die Tür ging auf und zwei Polizisten betraten den Raum. Nach einer angemessen dezenten Begrüßung, baten sie förmlich alle Anwesenden nacheinander zu einer Befragung ins Foyer 2 zu kommen. Jeder musste seine Personalien angeben und ausführlich aus eigener Sichtweise beschreiben, was am Abend und in der Nacht geschah.

Als Martin ins Foyer eintrat, hatte er ein ungutes Gefühl. Er konnte nach seinem Dafürhalten nichts Nennenswertes bei der Befragung beisteuern. Er kannte niemanden näher außer Gerald. Auch war ihm nichts weiter aufgefallen. Er konnte es sich nicht erklären, wie der Mord stattgefunden haben könnte. Als der Polizist ihn fragte, ob er jemanden mit Udo zusammen gesehen hatte, versuchte er sich den Abend bildlich noch einmal vorzustellen. Ja, es hatten mehrere Leute mit Udo gesprochen. Auch war Udo zwischendurch aus dem Theaterraum verschwunden. Aber er tauchte immer wieder auf. Es war ein Kommen und Gehen. Auf die Frage, welche Stimmung herrschte, konnte Martin nicht eindeutig antworten. Es war im Grunde eine ausgelassene Stimmung, jedoch konnte er sich auch daran erinnern, einige ernstere Gespräche beobachtet und ernstere Gesichter gesehen zu haben. Freundlich bedankte sich der Polizeibeamte.

Nachdem alle ihre Aussage gemacht hatten, verabschiedeten sich die Polizisten mit der Bitte, sich für eventuelle Verhöre bereit zu halten. Außerdem durfte niemand die Stadt verlassen. In einem Leichenwagen wurde der Leichnam Udos abtransportiert.

Als die Polizei gegen vier Uhr morgens die Muschel verließ, waren nur noch Martin, Gerald und Olaf zurückgeblieben. Die Übrigen waren schon nach Hause gegangen.

„Wir müssen die weiteren Vorstellungen absagen", sagte Gerald matt.

Olaf nickte. „Ja, ich kümmere mich gleich morgen darum."

„Vielleicht sollten wir auch einen gemeinsamen Gottesdienst feiern, im Gedenken an Udo."

„Das ist eine gute Idee. Das werde ich in die Wege leiten." Nach einer Pause sprach Olaf weiter: „Es ist einfach nur schrecklich. Ich weiß nicht, wie so etwas Furchtbares überhaupt geschehen konnte." Er stand auf, nahm sein Jackett und verabschiedete sich. Gerald und Martin entschieden sich, auch Schluss zu machen. Gemeinsam schlossen sie das Theater ab.

Als Martin gegen fünf Uhr in seinem Bett lag, dachte er über das Geschehene nach. Er konnte es sich nicht vorstellen, aber logisch betrachtet gab es nur eine Erklärung. Der Mörder musste jemand gewesen sein, der am späten Abend noch anwesend war. Jemand, der in Verbindung mit Udo gestanden hatte. Und irgendwer müsste etwas gesehen haben, befand er. Da war er sich ganz sicher. Morgen würde er sich noch einmal mit Gerald treffen und vielleicht würde er etwas unternehmen.

Martin betätigte den Klingelknopf. Nach ein paar Minuten öffnete Gerald verschlafen die Tür. Er schaute verdutzt, als er Martin zu so früher Stunde sah. Mit einem derart schnellen Wiedersehen hatte er nicht gerechnet. Nach einer zurückhaltenden Begrüßung führte er Martin ins Wohnzimmer. Er bot ihm einen Platz und eine Tasse Kaffee an. Es dauerte nicht lange, bis der Kaffee aufgebrüht war und sich beide auf der Couch gegenüber saßen.

„Wieso bist du so früh schon wach? Es ist erst neun Uhr! Ich würde am liebsten im Bett liegen bleiben und nie mehr aufstehen", befand Gerald. „Und alles vergessen, was gestern geschah!" Ihm wurde etwas übel.

„Ich konnte nicht schlafen. Ich bin total aufgeregt. Mir gingen die Geschehnisse von gestern nicht aus dem Kopf." Er stand auf und ging ziellos im Zimmer umher. „Ich habe lange darüber nachgedacht. Es klingt absurd, aber es kann einfach nicht anders sein." Er machte eine Pause und schaute Gerald an: „Der Mörder muss jemand sein, der gestern an der Feier teilgenommen hat. Jemand, der nach 23 Uhr noch in der *Muschel* war. Ich glaube nicht, dass ein Fremder Udo aufgespürt und in der Garage erstochen hat."

Gerald blickte Martin ungläubig an. „Wieso denn nicht? Man kann außen um das Gebäude herum auf die Terrasse gehen. Jeder hätte kommen und Udo erstechen können!"

„Ja, das könnte schon sein, aber mein Gefühl sagt mir, dass es anders ist. Denn warum sollte ein Fremder ausgerechnet an der Premierenfeier sein Opfer aufsuchen? An einer Feier, bei der so viele Menschen anwesend waren? Das wäre doch viel zu unsicher und er oder sie musste Gefahr laufen, gesehen zu werden. Nein, ich glaube nicht daran. Wenn ich der Mörder wäre und wollte Udo umbringen, dann würde ich mir einen Moment aussuchen, an dem ich mit dem Opfer alleine wäre."

„Der Mörder könnte aber auch versuchen es jemand anderem anzuhängen. Weißt du, was ich meine? Er könnte ihn gerade deswegen bei der Premierenfeier getötet haben, weil eben viele Leute anwesend waren."

Martin zögerte kurz. Das wäre auch eine Möglichkeit. Trotzdem mochte er daran nicht glauben. „Stimmt, so könnte es gewesen sein. Dennoch glaube ich nicht, dass es so war. Ich denke, der Mörder war einer von denen, die gestern Abend im Theater mitgefeiert haben."

Gerald stockte: „Das hieße, dass deiner Einschätzung nach einer aus dem Ensemble der Täter ist?"

Unsicher antwortete Martin: „Ja, es könnte so sein."

Gerald schüttelte den Kopf: „Also nein, das kann nicht sein! Wieso sollte jemand von uns das Risiko eingegangen sein? Wir sahen Udo doch jeden Tag bei den Proben. Und nach den Proben waren wir auch oft unterwegs."

„Ich weiß es nicht. Es muss gestern Abend etwas passiert sein, was den Mörder zu der Tat gezwungen hat. Irgendjemand tat oder sagte etwas und der Mörder musste spontan reagieren. So stelle ich es mir vor." Er stützte nachdenklich seinen Kopf auf die Hände. „Und weißt du, auch die Wahl der Tatwaffe spricht für meine Theorie. Der Mörder muss im Affekt nach etwas Passendem gesucht haben. Und da sah er in der Garage den Schraubenzieher liegen, nahm ihn und stach zu. Ja, ich glaube der Mord war nicht geplant, sondern spontan im Affekt ausgeführt."

Gerald musterte ihn lange. Die Situation war für ihn fremd und surrealistisch. Beide saßen auf der Couch und sprachen über den Mord, wie zwei Kriminalkommissare oder zwei Privatdetektive. Er wusste aus Martins vielen Erzählungen, dass Martin schon früher mehrmals in Mordfälle verwickelt war. Dass er über Erfahrungen verfügte und mitgeholfen hatte, diese Morde erfolgreich aufzuklären. Bis gestern Abend hielt er Martins unglaubliche Geschichten für Flunkereien. Er hatte ihm nicht alles geglaubt und ihn belächelt. Aber jetzt war alles anders. Nun war ein echter Mord geschehen. Wenn Martin einen Verdacht oder ein beunruhigendes Gefühl hatte, so sollte er seine Meinung ernst nehmen. Für ihn war die Vorstellung, dass einer seiner Bekannten ein Mörder war, vollkommen unglaublich. Dennoch sagte er langsam: „Kimberly und Margot, die beiden waren schon früh nach dem offiziellen Teil gegangen. Sonst waren alle aus dem Ensemble da. Du, Veronika und Leni seid bis zum Ende geblieben."

„Ja, ich weiß. Es waren elf Menschen anwesend. Eingenommen uns beide." Martin sah ihn eindringlich an. Er legte den Kopf auf die rechte Seite. „Ich denke, wir müssen unsere Augen offen halten. Wir müssen jeden aus der Gruppe befragen. Irgendjemand muss etwas Wichtiges gesehen haben und das müssen wir herausbekommen. Vielleicht entdecken wir eine Spur."

Gerald nickte. „Aber du kennst die Gruppe ja nicht. Wie willst du mit ihnen ins Gespräch kommen?"

„Du wirst es für mich übernehmen. Wir müssen nur einen geeigneten Grund dafür finden."

„Ich soll das Ensemble wie ein Detektiv ausfragen?" Gerald schüttelte den Kopf. „Nein, das kann ich nicht. Das traue ich mir nicht zu."

„Ich sehe keine andere Möglichkeit, Gerald. Ich kenne ja das Ensemble nicht und kann es nicht selbst tun."

Gerald schluckte und dachte nach. Was würde die Gruppe in Zukunft miteinander verbinden? Welchen

Grund hatte er, sich noch einmal mit allen zu treffen, nachdem die Aufführungen nun abgesagt würden? Da kam ihm eine Idee: „Ich könnte sie fragen, ob wir gemeinsam einen Kranz für die Beerdigung stiften wollen. Ich könnte sie deswegen aufsuchen. Wie findest du das?"

Martin befand, dass dies eine gute und geeignete Idee wäre: „Ein persönlicher Besuch ist Anteil nehmend und zeigt, wie sehr dich das Geschehene beschäftigt. Anders, als wenn du nur einfach anrufen würdest. Sehr gut. Und du erfährst in einem persönlichen Gespräch unweit mehr über deren Gefühle, Einstellungen und Haltungen. Ein Blick verrät oft mehr als tausend Worte, oder wie heißt das berühmte Sprichwort noch gleich?"

„Ja, du hast Recht. Das finde ich auch."

„Gut." Martin setzte sich aufrecht hin. Dann bat er: „Erzähle mir etwas über Udo. Wer war er, was hat er gearbeitet. Alles, was du über ihn weißt."

Gerald überlegte. Es mussten an die zehn Jahre sein, überlegte er, die Udo in der *Muschel* Theater spielte. Zeitweise war er auch im Vorstand als Schriftführer tätig gewesen. Regelmäßig spielte er in den unterschiedlichsten Inszenierungen mit und da meist die großen männlichen Hauptrollen. Udo war Mitte 40 und mit Katharina verheiratet. Sie war es, die ihn damals mit in die Muschel gebracht hatte. Gemeinsam hatten sie zwei kleine Kinder, Anna und Marie, und ein Einfamilienhaus im Wohngebiet `Augsteiner´, eine sehr gute Wohngegend in Bruchsal. Udo war von Haus aus Bankkaufmann. Später wurde er Filialleiter in Bruchsal, was ihm ein hohes Ansehen verlieh. Udo war ein Mensch, der alles im Leben erfolgreich erreicht hatte: Er hatte eine Frau, zwei Kinder, Haus und Karriere, ein erfülltes Hobby. Es gab nichts, was nicht zusammen gepasst hatte. Nach außen hin hatte er auf Gerald stets einen glücklichen Eindruck gemacht. Nichts bedrückte ihn und er war oft sehr gut gelaunt mit einem lustigen Spruch auf den Lippen. Im Ensemble hatte er seinen festen Platz. Er bekam von allen Seiten Anerkennung für seine schauspielerische Leistung. Gerald konnte sonst nichts Negatives, nichts Außergewöhnliches über Udo berichten.

Martin hörte aufmerksam zu. Er bedankte sich bei Gerald für seinen detaillierten Bericht. Anschließend sollte sich Gerald an die Umstände von gestern Abend erinnern. War ihm etwas Besonderes aufgefallen im Verhalten Udos? Benahm sich jemand anderes auffällig? Alles war wichtig, auch die winzigste Kleinigkeit.

Gerald sah den Theaterraum vor seinen Augen. Die Gruppe, die ausgelassen feierte und tanzte. Er hatte mit

Udo draußen im Hof gestanden und sich unterhalten. Udo war sehr zufrieden gewesen mit seiner Leistung. Er machte nicht den Eindruck, als ob ihn etwas bedrückte oder beschäftigte. Es war etwa 23 Uhr gewesen, als Leni ihn bat wieder rein zu kommen. Es wurde das Lied `Raining Man´ gespielt und sie wollte mit ihm tanzen. Das musste der letzte Moment gewesen sein, als sie Udo bewusst lebend gesehen hatten.

Gerald dachte an die anderen. War ihm da etwas aufgefallen? Olaf schien sehr aufgeregt zu sein. Er rauchte und trank auffällig viel.

„Olaf ist der Regisseur, ist das richtig?", fragte Martin zwischendurch.

Gerald nickte. Er meinte, dass Olaf vielleicht wegen des Stücks aufgeregt gewesen sein könnte. Die Aufführung war zwar sehr gelungen, aber es war auch ein unbequemer Kritiker von der Zeitung da, der sich eher verhalten gegeben hatte. „Ich kann mir gut vorstellen, dass es unheimlich stressig ist so ein Stück auf die Beine zu stellen", befand Gerald. „Vielleicht war er deswegen hektisch und unausgeglichen."

In Gedanken ging er weiter die Gruppe durch. Da war noch Erik, der den Steve gespielt hatte. Das war ein unsympathischer Kerl, der stets sehr unzufrieden mit sich war. Er bildete sich ein, dass sein Talent verkannt wurde und er deswegen nur kleine Rollen zu spielen bekam. Er blickte gestern Abend finster drein und konnte sich nicht richtig über den Erfolg des Stückes freuen. Aber ein finsterer Blick macht noch lang keinen Mörder aus ihm, dachte Gerald.

Dann berichtete er über Katharina, Udos Frau. Sie machte anfangs einen sehr glücklichen Eindruck auf Gerald. Bekam sie von allen Seiten Lob und Anerkennung für ihre Leistung. Später schien es so, als bedrückte sie etwas.

Über Armin konnte er nichts sagen. Armin war ganz neu in der Muschel. Er wusste nicht viel von ihm. Ein netter Kerl, fand er. Suchte offenbar Anschluss und die Gruppe nahm ihn offen ohne Vorbehalte auf. Ihm war nichts weiter an seinem Verhalten aufgefallen, außer dass er vielleicht ein bisschen zu tief ins Glas schaute.

Frederick und Manuela, dachte Gerald. Die beiden sind ein schönes Paar. Aber irgendetwas musste Frederick über die Leber gelaufen sein, denn ab einem bestimmten Zeitpunkt saß er nur ganz still auf seinem Platz. Unterhielt sich nicht weiter und tanzte nicht. So, als ob er ganz in sich gekehrt war. Vielleicht fiel ihm die Anspannung ab und er spürte diese Leere in sich, die Gerald auch gut kannte. Manuela war ganz ausgelassen, fasst schon ein bisschen hysterisch. Ihr lautes Lachen konnte man immer wieder vernehmen.

„Und hast du gesehen, wie jemand den Theaterraum verließ?", wollte Martin wissen.

„Alle gingen mal nach draußen oder auf die Toilette. Es war ein Kommen und Gehen. Leider kann ich dir nicht genau sagen, wer zeitgleich mit Udo den Raum verließ. Darauf habe ich nicht geachtet."

„Ja, das ist klar. Ich habe selbst nicht darauf geachtet."

„Und dir, ist dir etwas aufgefallen?"

Martin schüttelte den Kopf. „Nein, für mich waren ja alle neu und unbekannt. Ich habe mich den Abend über gut mit Leni unterhalten. Solange, bis die Musik lauter wurde und alle anfingen zu tanzen."

Martin verstummte. Schweigend saßen sich die beiden gegenüber. Er nahm einen großen Schluck Kaffee. Dann sagte er: „Also Gerald, es wäre schön, wenn du jeden aus der Gruppe sprechen könntest. Vielleicht bekommst du ja etwas heraus, das uns weiter bringt. Etwas, was einer gesehen oder gesagt hat."

„Ich werde mein Bestes tun, Martin. Gleich heute Nachmittag werde ich mich darum kümmern und einen ersten Besuch abstatten. Ich tue es für Udo. Ich hoffe sehr, dass wir seinen Mörder finden."

3

Gerald stand vor einem großen Mehrfamilienhaus. Er blickte auf eine bestimmte Wohnung im ersten Stock. Dann schüttelte er den Kopf, weil er sich unwohl fühlte bei dem Gedanken, seine Freunde nacheinander aushören zu müssen. Aber er verstand auch, dass es nötig wäre, wenn sie dem Mörder auf die Spur kommen wollten. Er hoffte inständig, dass es niemand aus der Gruppe war. Dass er eine Spur fände, die auf einen fremden Täter hinweisen würde. Das musste er im Auge behalten. Er ging einen Schritt auf den Eingang zu, las die Schilder und drückte eine Klingel. Wenige Augenblicke später öffnete sich summend die Tür. Langsam stieg er die Treppe hinauf. Zu gerne wäre er umgekehrt. Nur sein Pflichtbewusstsein ließ ihn weiter gehen. Da sah er Manuela in der geöffneten Tür stehen. Er stockte kurz. Manuela war eine sehr liebenswerte Frau. Sie erstarrte, als sie Gerald erblickte.

„Gerald", sagte sie leise. Ihre Augen waren gerötet und angeschwollen. Sie bat ihn hereinzukommen. Beide gingen stumm ins Esszimmer. Die Stimmung war gedrückt, das spürte Gerald sofort. Es schien, als treffe sie der Tod von Udo sehr. Nachdem sie Platz genommen hatten, beobachtete er sie. Sie wich seinen Blicken aus.

„Ich bin gekommen", begann Gerald sanft, „weil ich euch fragen wollte, ob wir alle gemeinsam einen Kranz für Udos Beerdigung stiften wollen. Ich meine, das ist das Mindeste, was wir tun können."

Manuela nickte. „Lieb von dir, dass du dich darum kümmerst." Sie seufzte. „Es ist schrecklich, was gestern passiert ist. Ich meine, wie konnte es soweit kommen?"

Gerald horchte auf. „Was meinst du damit?"

„Dass der Mord geschah", antwortete sie schnell. „Es ist unfassbar. Und der arme Udo…" Sie fing zu weinen an. „Entschuldige bitte, Gerald, ich kann nicht anders."

Gerald legte ihr die Hand auf den Arm. „Ist schon gut, weine nur."

Sie stand auf und ging weinend zum Fenster hinüber. Nach einem Moment atmete sie tief durch, wischte sich ihre Tränen vom Gesicht und wandte sich wieder ihm zu.

Gerald fragte: „Wo ist Frederick?"

„Der muss jeden Moment nach Hause kommen. Er ist vor einer Stunde joggen gegangen. Ich war nicht im Stande, mitzulaufen."

„Ja, das verstehe ich. Dich scheint es sehr mitzunehmen?"

„Ja, ich mochte Udo sehr gerne." Sie senkte traurig ihre Augen.

„Wir alle mochten ihn sehr", bestätigte Gerald.

Sie blickte auf und sah ihn mit einem seltsamen Gesichtsausdruck an. Gerald konnte nicht einordnen, was er zu bedeuten hatte. Manuela war normalerweise eine sehr lebensfrohe und lebensbejahende Person, die immer das Positive sah. Diese intensive Trauer um Udo passte irgendwie nicht zu ihr, fand Gerald.

Dann öffnete sich die Tür und Frederick kam herein. Als Gerald ihn sah, dachte er, dass Manuela und Frederick Gegensätze waren, wie sie größer nicht hätten sein können. Sie war so gefühlsbetont und impulsiv und er war ein rationaler Mensch ganz durch und durch. Sein Jogginganzug war stark verschwitzt. Als er Gerald sah, nahm er seine Kopfhörer aus dem Ohr und begrüßte ihn sachlich. „Hallo Gerald, was machst du hier?"

„Ich sammle Geld für einen Kranz für Udo."

„Ah, prima, das ist eine gute Idee", antwortete Frederick. „Wann wird denn die Beerdigung stattfinden?"

„Das kann ich nicht sagen, Frederick. Dann, wenn die Polizei den Leichnam freigibt. So ist das glaube ich bei Mordfällen, oder?"

„Da kenne ich mich nicht aus. Wie viel Geld möchtest du haben?" Er holte seine Geldbörse.

„Ich dachte, wenn jeder 30 Euro spendet, dann können wir einen schönen großen Kranz kaufen."

„30 Euro geht in Ordnung. Hier bitte." Er reichte ihm das Geld. Gerald nahm es entgegen und steckte es ein. Seltsam, dachte er, wie wenig beeindruckt Frederick vom Tod Udos war. Ihm schien es im Gegensatz zu Manuela nicht viel auszumachen. Er machte einen eher nüchternen Eindruck.

„Habt ihr etwas Außergewöhnliches bemerkt gestern Abend?", begann Gerald forschend.

„Wie meinst du das?", fragte Frederick. Manuela blickte Gerald erschrocken an.

„Naja, vielleicht hat ja jemand irgendetwas gesehen. Vielleicht auch nur unbewusst."

„Nein, mir ist nichts besonders aufgefallen", sagte Frederick schnell. „Dir etwa?" Er schaute zu Manuela.

„Nein", zögerte Manuela. „Nichts. Ich habe nichts gesehen."

Gerald nickte. „Ich danke euch." Beifällig fragte er: „Und, Frederick, geht's dir heute wieder besser?"

Frederick starrte Gerald an. „Was meinst du damit?"

„Du hast gestern auf der Feier einen unglücklichen Eindruck gemacht. Ganz still hast du auf deinem Platz gesessen. Hast nicht getanzt, dich nicht unterhalten."

Frederick dachte nach. „Ach das? Nein, ich hatte nur einen nervösen Magen. Das kam von der Aufregung her. Die Anspannung vor der Premiere war sehr groß."

„Ah, dann bin ich froh, dass es dir heute wieder gut geht."

„Ja", Frederick lächelte gezwungen. „Also, ich werde jetzt unter die Dusche gehen. Mach es gut und bis die Tage." Er verschwand im Badezimmer.

Manuela sah ihm nach. Dann flüsterte sie ganz leise: „Gerald, ich habe solche Angst."

„Es ist unfassbar, was gestern passierte!" Armin schüttelte den Kopf. „Er war so voller Leben und von jedem gemocht. Ich kann mir gar nicht vorstellen, wer ihm das antun konnte. Ich meine, einen Mord zu begehen, das ist etwas derart Grausames, was ich nicht begreifen, geschweige denn nachvollziehen kann. Was für ein Mensch ist dazu im Stande?" Er nahm einen großen Schluck Rotwein.

Gerald konnte ihm daraufhin keine Antwort geben. Er nippte an seinem Glas, verzog sein Gesicht und stellte das Glas wieder auf den Tisch zurück. Der saure, etwas billig wirkende Wein schmeckte ihm nicht. Er beobachtete Armin. Ihm schien der Tod von Udo nahe zu gehen. Sein Gesichtsausdruck war matt, sein Teint fahl. Schon in den Proben machte Armin öfter den Eindruck, etwas traurig zu sein. Er sprach manchmal davon, einsam zu sein. Deswegen war er in die Muschel gekommen, um Anschluss und Freunde zu finden. Vielleicht waren sich Udo und er während der Probenphase näher gekommen und nun war sein neuer Freund gestorben, was ihn sehr mitnahm. Gerald blickte sich in der Wohnung um. Armin wohnte in einer kleinen Einzimmerwohnung, die karg eingerichtet war. Hier gab es nichts, was Lebensfreude ausstrahlte. Alles war dunkel eingerichtet, etwas ärmlich und schlicht.

Armin bedankte sich bei Gerald für die tolle Idee, im Namen des Ensembles einen Kranz spenden zu wollen. So könnten sie ihre Anteilnahme zeigen. Unruhig rutschte Armin auf dem Stuhl herum. Etwas zögerlich fragte er: „Gerald, es ist mir etwas peinlich, aber könnte ich dir die 30 Euro in Raten abzahlen? Der Monat ist noch nicht zu Ende und ich habe nur noch wenig Geld übrig."

Gerald schaute verdutzt auf: „Aber natürlich Armin. Du kannst dir Zeit lassen. Das ist kein Problem."

Gerald war peinlich berührt. Er wusste nichts von Armins finanzieller Situation. Sollte er ihn danach fragen? Vielleicht konnte er ihm helfen oder ihm einen Rat geben. „Sag, Armin, ich weiß nicht, ob mir das zusteht", er hob entschuldigend die Hand, „und du kannst sofort sagen, dass es mich nichts angeht, aber hast du im Moment keinen Job?"

Armin schüttelte langsam den Kopf. „Im Moment nicht."

Gerald wurde plötzlich bewusst, dass er eigentlich nichts über Armin wusste. Sie hatten monatelang gemeinsam auf der Bühne gestanden, hatten intensiv geprobt, aber niemals über private Dinge gesprochen. Etwas peinlich berührt sagte er: „Oh, das tut mir leid. Das wusste ich nicht."

„Das ist schon in Ordnung, Gerald. Ich bin schon seit längerem arbeitslos." Er senkte den Blick. „Ich bin Groß- und Handelskaufmann. Ich habe meine Arbeit verloren, weil ich mehrere Bandscheibenvorfälle hatte, drei Mal operiert werden musste und zu lange ausfiel. Sie nannten natürlich einen anderen Grund für meine Kündigung, das ist klar. Aber ich weiß, dass es deswegen war. Als Schmerzpatient war es mir nicht möglich, eine geregelte Arbeit anzunehmen. Seit einiger Zeit bin ich gut medizinisch eingestellt und mein Zustand unverändert. Vor ein paar Monaten spürte ich dann, dass ich in Arnstadt, das liegt bei Erfurt, beruflich keine Zukunft mehr hatte. Ich entschloss mich einen Schnitt zu machen und meine Vergangenheit hinter mir zu lassen. So kam ich hier her, nach Baden Württemberg in die Stadt Bruchsal. Aber ich unterschätzte meine Situation als Langzeitpatient. Bisher habe ich noch keine neue Stelle antreten können. Es ist wie verhext."

„Dann lebst du von Arbeitslosengeld?", fragte Gerald vorsichtig.

„Nein, ich bekomme Harz IV. Und dann sah ich ein Plakat von der Muschel aushängen und dachte, es sei gut für mich, neue Kontakte zu knüpfen. So kam ich hier her."

„Es ist schön, dass du bei uns bist, Armin."

„Ja, das ist es."

Beide lächelten sich an. „Und hast du gestern etwas Außergewöhnliches gesehen oder gehört?"

„Du meinst auf der Premierenfeier, bevor der Mord verübt wurde?" Armin überlegte. Schließlich sagte er: „Ich sah dich und Udo noch im Hof stehen, das mag gegen 23 Uhr gewesen sein. Das habe ich auch der

Polizei berichtet. Aber sonst? Nein, ich habe nichts gesehen. Ich muss zugeben, ich war auch etwas betrunken."

„Dir ist nichts und niemand aufgefallen? Ich meine, irgendwer, der den Theatersaal für eine längere Zeit verlassen hatte?"

Armin zögerte. „Nein, ich habe nicht gesehen, ob jemand längere Zeit verschwunden war. Tut mir leid. Aber, wenn du mich fragst, Frederick war irgendwie schlecht gelaunt. Er war ganz still und in sich gekehrt. Wieso willst du das denn wissen?"

Gerald fühlte sich ertappt. Was solle er darauf antworten? „Mich interessiert es einfach. Der Mord kann ja nicht ungesehen stattgefunden haben. Meinst du nicht auch?"

Armin nickte stumm. Ein unbehagliches Gefühl stellte sich bei Gerald ein. Er verabschiedete sich und verließ mit gemischten Gefühlen die Wohnung.

Martin und Veronika lagen zusammen auf der Couch und sahen Nachrichten. Anschließend schaltete Veronika den Fernseher aus. Beide konnten sich nicht durch das Programm ablenken lassen. In ihren Köpfen brodelte es und es kamen ihnen unzählige Gedanken in den Sinn.

„Was können wir nur tun?", fragte Veronika.

„Noch können wir nichts unternehmen. Alles liegt im Moment an Gerald. Ich hoffe, dass er seine Sache gut macht und vielleicht auf eine Spur stößt, die wir dann weiter verfolgen können."

Veronika nahm das Programmheft zur Hand. Sie las nochmals die Namen der beteiligten Personen durch. „Es muss einer von ihnen gewesen sein, oder? Für dich scheidet ein fremder Täter aus?"

„Wie gesagt, ich denke, dass der Mord nicht von langer Hand geplant war. Alles sieht nach einem spontanen Schlag aus. Der Mörder muss etwas erfahren oder gehört haben, was ihn dazu zwang, Udo umzubringen. Es konnte nicht warten. Plötzlich ergab sich eine Möglichkeit, bei der der Täter mit Udo alleine war. Er sah den Schraubenzieher und stach zu. Vielleicht hat der Täter Udo auch in die Garage gelockt."

Veronika tippte auf die Besetzungsliste. „Und die Namen, die mit einem Kreuz versehen sind, waren zu später Stunde noch anwesend. Sie kommen also als Täter in Frage?"

„Genau."

Veronika versuchte sich an den Abend zu erinnern. „Es ist schwierig sich an Menschen zu erinnern, die man erst einmal zuvor erlebt hat. Ich werfe die Namen und die Gesichter ganz durcheinander. Ich weiß nicht, wer, wann und wo war."

„Das ist eben das Schwierige."

„Hm", sie schaute wieder auf die Liste. „Und was ist mit dieser Kimberly und Margot? Sie gingen schon früh, aber sie hätten auch wieder zurückkommen und außen herum auf die Terrasse gehen können."

„Richtig, wir müssen Gerald unbedingt darum bitten auch mit ihnen Kontakt aufzunehmen. Es wird schwierig sein, zu beurteilen, was wichtig ist und was nicht. Wir kennen keinen einzigen der Gruppe persönlich. Ach, könnte ich doch nur persönlich mit allen sprechen." Nach einer Pause fügte er hinzu: „Ich werde gleich Gerald anrufen."

Er nahm den Hörer und wählte Geralds Nummer. Dieser war bereits von den Besuchen zu Hause angekommen. Nach einer kurzen Begrüßung kam Martin direkt zur Sache. Wie erhofft hatte Gerald heute schon begonnen, seine Freunde zu befragen. In allen Einzelheiten erzählte Gerald von seinem Besuch bei Manuela und Frederick.

„Und du hast eine Spannung zwischen Manuela und Frederick gespürt?", hakte Martin nach.

„Genau, irgendetwas stimmte nicht. Manuela war sehr berührt, währenddessen Frederick ungewöhnlich kühl war. Und sie hatte Angst."

„Wovor?"

„Das hat sie nicht gesagt."

„Danke dir, das klingt interessant."

Gerald berichtete weiter von seinem zweiten Besuch. Armin war nichts Besonderes auf der Feier aufgefallen, außer, dass Frederick ungewöhnlich schlecht gelaunt war. Sehr traurig fand er Armins Lebenssituation. Wie schnell sich das Leben ändern, man seinen Beruf verlieren und verarmen kann, wenn irgendetwas Unvorhergesehenes dazwischen kommt. Martin hörte aufmerksam zu.

„Bedrückend fand ich es in seiner Wohnung. Und ich hatte ein ungutes Gefühl ihn dort alleine zurückzulassen", endete Gerald.

„Du hast eine gute Auffassungsgabe! Bleib dran, weiter so. Du machst deine Sache gut." Dann verabschiedete er sich von Gerald, der nun nach getaner Arbeit zusammen mit Leni einen ruhigen Abend verbringen wollte.

Martin wurde still. Er wollte die Informationen erst einmal alleine durchdenken.

Veronika legte ihre Stirn in Falten. „Sag mal. Armin, das war doch der, der den Arzt gespielt hat oder nicht? Ich weiß nicht, ob ich mich jetzt richtig daran erinnere, aber irgendwie ist er mir aufgefallen, besser gesagt: er ist mir nicht aufgefallen. Ich kann mich nämlich nicht daran erinnern, ihn auf der Feier gesehen zu haben. Das heißt anfangs schon. Da war er ganz ausgelassen, sang und tanzte. Aber dann habe ich keine Bilder mehr von ihm. Und als die Polizei ins Theater kam und alle vernehmen wollte, waren alle vollzählig, nicht? Erinnerst du dich nicht daran?"

„Nein, ich habe keine Erinnerung daran."

Veronika blickte Martin nachdenklich an.

4

Sein nächster Besuch bereitete Gerald Magenschmerzen. Er war auf dem Weg zu Erik, der in der Stadtmitte, unweit von der Sankt Peters Kirche wohnte. Erik war ein unangenehmer und meist etwas schlecht gelaunter Mensch. Auch bei den Proben war er ein unbequemer Partner, der an allem und jedem etwas auszusetzen hatte. Dabei war Erik nun schon seit über 20 Jahren Mitglied in der Muschel und arbeitete stets pflichtbewusst in allen Belangen mit. Er wurde

49

geschätzt, aber nicht unbedingt gemocht. Als sich die Tür öffnete, sah Gerald in Eriks Gesicht, dass er nicht wirklich willkommen war. Missmutig wurde er in das Wohnzimmer geführt, wo beide stehen blieben.

„Was führt dich zu mir? Du warst noch nie bei mir zu Hause?", wollte Erik wissen.

„Ja, das stimmt. Tut mir leid, wenn ich ungelegen komme. Aber ich wollte persönlich danach fragen, ob wir nicht einen Kranz für Udos Beerdigung stiften wollen."

„Einen Kranz?", Erik grunzte. „Einen Kranz für Udo."

Ein Lächeln glitt über seinen Mund. Gerald wusste mit dieser Reaktion nichts anzufangen.

„Wenn es unbedingt sein muss und alle mitmachen, dann gebe ich auch etwas Geld dazu. Wieviel möchtest du von mir haben?"

Gerald fühlte sich unwohl. Leise sagte er: „30 Euro."

Nach einer Pause ging Erik zu seinem Sekretär, nahm seine Börse und gab Gerald das Geld. „Bitte schön. Das mache ich sehr ungern, weißt du?", fing Erik an.

Gerald fragte nach: „Bitte?"

„Für Udo Geld spenden mache ich sehr ungern. Ich konnte ihn nicht leiden. Vollkommen überschätzt hat man ihn, den Herrn Saubermann. Das muss einmal gesagt werden! Einen glatteren, geschniegelteren Menschen kann man sich ja gar nicht vorstellen! Hat alles erreicht im Leben, was er wollte: Eine Bilderbuch-Karriere und ein Bilderbuch-Leben. Nahm sich alles ungefragt. Udo drängelte sich immer vor. Er wollte immer im Rampenlicht stehen. Er blendete alle mit seinem Charme und alle taten das, was er von ihnen verlangte. Und siehe da, er spielte alle großen Rollen in den letzten gefühlten 100 Jahren. Nach meinem Dafürhalten hat man ihn und seine Fähigkeiten vollkommen überschätzt. Wenn man mal hinter die Fassade blickt, bleibt nur ein kleines Nichts übrig. Genau dafür habe ich ihn gehalten. Für eine große, luftleere Blase gefüllt mit nichts."

Provokant mit verschränkten Armen schaute er zu Gerald hinüber, der sich mittlerweile hingesetzt hatte.

„Ja, ich hatte ja keine Ahnung, dass du so über ihn denkst", murmelte Gerald.

„So und nicht anders. Das einzig Gute, was ich über ihn sagen kann ist: Er war immer zur Stelle, wenn man jemanden brauchte. Er half beim Thekendienst, beim Auf- und Abbauen. Aber sonst? Nein, wir hatten nichts gemein."

Gerald wollte sich nicht länger Schimpftiraden über Udo anhören und wechselte das Thema: „Ist dir an der Premierenfeier irgendetwas aufgefallen?"

„Meinst du im Verhalten der anderen?"

„Ja, ganz richtig. Vielleicht war etwas anders als sonst oder vielleicht hast du ja gesehen, mit wem Udo verschwand?"

„Warum willst du das wissen? Spielst du Detektiv?"

Gerald schüttelte energisch den Kopf. „Nein, ich bin nur neugierig."

„Ja, es muss ja einer gewesen sein, nicht wahr?" Erik grinste. Dann überlegte er: „Nein, ich habe nicht gesehen, mit wem Udo verschwand. Aber ich war ganz wach und habe die anderen beobachtet, wie sie sich selbst feierten. Mir war nicht zum Feiern zumute. Ich sage es dir gerade heraus: Also, ich habe Armin gesehen, wie er torkelnd verschwand. Er war lange fort. Machte offenbar einen Spaziergang. Später machte er einen erleichterten Eindruck. Und dann war da Olaf, der hatte eine Auseinandersetzung mit Udo. Beide unterhielten sich wild gestikulierend im Hof. Ich dachte mir sofort, irgendetwas stimmt da nicht."

„Olaf stritt mit Udo?"

„Ja, wenn ich es dir sage. Auf den würde ich ein Auge werfen. Und dann war da die liebende Ehefrau, Katharina. Sie war ganz verstört, auch schon bevor sie Udo leblos vorfand."

„Wie meinst du das?"

„Hast du das nicht bemerkt? Sie war tief betrübt, den ganzen Abend. Irgendetwas schien ihr über die Leber gelaufen zu sein. Das ganze gipfelte dann damit, dass sie die Leiche fand."

Gerald starrte vor sich hin. So viele Informationen auf einmal überforderten ihn.

„Du kannst mir ruhig glauben, Sherlock." Erik grinste unangenehm und selbstverliebt. Unvermittelt fragte er Gerald: „Und was ist mit dir? Wo warst du am Abend. Wo waren deine Freunde?"

„Ich? Ich war den ganzen Abend mit meiner Freundin und den beiden Freunden zusammen."

„Nicht ganz. Auch ihr habt euch getrennt, nicht wahr? Essen, Toilette, tanzen, da verliert man sich schon mal aus den Augen. Ich aber nicht. Ich habe euch alle gesehen."

Gerald wurde unbehaglich zu mute. Er wäre am liebsten aufgestanden und gegangen. Zu seiner Freude sagte

Erik: „Aber jetzt musst du wieder gehen. Ich muss noch was tun und brauche meine Ruhe."

Gerald lief einen Feldweg entlang. Er war auf dem Weg zu Olaf, dem Regisseur, der im Randgebiet von Bruchsal wohnte. Als er eine Bank am Wegrand stehen sah, entschloss er sich, sich einen Moment nieder zu lassen, um die Aussagen seiner Freunde zu sortieren. Er nahm einen Zettel zur Hand und notierte sich den ersten Namen:

Katharina. Katharina, Udos Frau, war anfangs noch gut gelaunt, da sie sehr viel Lob für ihre Interpretation ihrer Rolle bekam. Später war sie offenbar betrübt. Und das schon bevor sie ihren Mann tot auffand. Was war geschehen? Hatte sie etwas gehört oder gesehen, was ihre Stimmung veränderte? Gerald notierte den zweiten Namen:

Manuela. Manuela war an der Feier sehr ausgelassen und gut gelaunt. Jetzt hatte sie Angst. Aber wovor? Gerald schüttelte den Kopf. Ihr Mann Frederick war anfangs auch noch gut gelaunt. Er verhielt sich zu späterer Stunde jedoch sehr auffällig. Er sagte nichts mehr, tanzte nicht, sondern saß schlecht gelaunt in der Ecke. Gerald konnte sich keinen Reim darauf machen.

Dann war da Armin, der offenbar betrunken und für längere Zeit verschwunden war. Er hätte die Möglichkeit gehabt, Udo aufzuspüren, befand Gerald. Ihn schauderte bei dem Gedanken. Aber Armin war derjenige, der am kürzesten in der Muschel war. Und aus ihm wurde er nicht schlau. Gerald wollte fast glauben, dass er der Täter war. Er unterstrich den Namen und setzte ein Ausrufezeichen dahinter. Als nächstes schrieb er den Namen: Erik auf das Blatt Papier.

Erik war ihm unheimlich. Er machte seltsame Andeutungen und hatte offenbar jeden im Blick gehabt. Wenn einem etwas aufgefallen war, dann war es Erik. Er war es auch, der sah, wie Olaf mit Udo gestritten hatte. Gerald zuckte zusammen. War Erik ein vertrauensvoller Zeuge oder machten ihn die genauen Beobachtungen eher verdächtig? Er hätte den Mord ja auch inszenieren und jemandem anderen in die Schuhe schieben können? Gerald seufzte. Dann fragte er sich, worüber wohl Olaf und Udo gestritten hatten. Der Abend war doch sehr erfolgreich gewesen? Welchen Grund könnten sie gehabt haben? Gerald starrte in die Luft. Er konnte sich keinen Reim darauf machen. Seine Aufzeichnungen brachten ihn nicht weiter. Er steckte den Zettel ein und entschloss sich, nun Olaf aufzusuchen.

Keine halbe Stunde später saß er zusammen mit Olaf in dessen Wohnzimmer. Er besaß ein großes Einfamilienhaus, was er zusammen mit seiner Frau Fenja bewohnte. Kinder hatte er keine. Neben seiner Tätigkeit als Regisseur bei der Muschel unterrichtete er in der Universität Heidelberg das Fach Mathematik. Ursprünglich war er Studienrat. Nach einer erfolgreichen Habilitation wurde er als Professor nach Heidelberg berufen.

„Was führt dich zu mir?", begann Olaf das Gespräch.

Gerald berichtete von seinem Anliegen, einen Kranz stiften zu wollen, was Olaf als eine sehr gute Idee empfand.

„Wann wird denn die Beerdigung stattfinden?"

„Ich weiß es nicht. Vielleicht in einer, eineinhalb Wochen? Ich werde Katharina danach fragen. Ich denke, wir sollten auf jeden Fall als Gruppe dort erscheinen und zeigen, dass die Muschel großen Anteil nimmt. Vielleicht magst du als unser Regisseur eine passende Trauerkarte verfassen?"

„Ja, das kann ich tun."

Eine Pause entstand.

„Wir müssen das Bühnenbild abbauen", warf Olaf ein. „Da brauchen wir jede helfende Hand. Wie wäre es am kommenden Samstag? Ich könnte das Ensemble informieren. Je mehr wir sind, desto schneller schaffen wir es."

Gerald nickte. „Ist das nicht schrecklich? Ich kann es immer noch nicht fassen." Er wollte nun das Gespräch auf die Premierenfeier lenken. Vorsichtig fragte er: „Ist dir an der Feier aufgefallen, ob irgendein Fremder in die Muschel kam?"

Olaf schüttelte den Kopf. Nicht dass ich wüsste. Aber ich habe nicht recht Acht gegeben." Dann fragte er: „Es muss ein Fremder gewesen sein, nicht?"

„Ich hoffe es."

„Was heißt: Ich hoffe es?"

Gerald deutete an, dass es ja sonst jemand aus dem Ensemble gewesen sein müsste, wenn nicht ein Fremder. Olaf erschrak bei dem Gedanken. Ihm war der Gedanke noch nicht gekommen. Nach seinem Dafürhalten, wäre das ganz und gar unmöglich.

„Wie hast du denn die Feier erlebt?", wollte Gerald wissen. „Besser gesagt, wie hast du die anderen aus dem Ensemble wahrgenommen?"

Olaf überlegte einen Moment. Dann begann er langsam: „Nun ja, Frederick war irgendwie schlecht gelaunt. Er saß nur still in der Ecke herum, was untypisch war."

Sonst hatte er nichts Ungewöhnliches gesehen. Die Frage, ob ihm etwas bei Armin aufgefallen wäre, verneinte er. Auf ihn habe er überhaupt nicht geachtet. Dann plötzlich flackerten seine Augen auf: „Ich sah Manuela und Udo zusammen im Foyer stehen, alleine, und miteinander reden. Ich kann mich gut daran erinnern, weil Manuela Udo lachend um den Hals gefallen war. Ich dachte mir noch: Wenn ich es nicht besser wüsste! Aber dann achtete ich nicht mehr darauf, weil ich auf die Toilette ging. Später waren sie nicht mehr dort." Olaf machte eine ablehnende Handbewegung. „Ja, aber was beweist das schon. Udo und Manuela haben sich getroffen und miteinander gesprochen. Das bedeutet nichts."

Gerald schwieg eine Weile und dachte nach. Er setzte von neuem an: „Hast du auch mit Udo gesprochen an dem Abend?" Er dachte dabei an den Streit, von dem Erik gesprochen hatte.

„Ja natürlich habe ich mit ihm gesprochen." Er blickte Gerald fest in die Augen. „Udo war ganz aufgebracht. Ich berichtete ihm von dem Kritiker, der sich das Stück angeschaut hatte und von der Inszenierung sehr enttäuscht war. Genauer gesagt war er von Udo enttäuscht. Seiner Meinung nach funktionierte die ganze Geschichte nicht richtig, weil Udo kein Bild von kraftstrotzender Männlichkeit war, wie es Marlon

Brando in dem damaligen Kinofilm ein für alle Mal geprägt hatte. Udo war ihm zu schmächtig und nicht animalisch genug. Es gab keine Gefahr, keine Bedrohung in dem Stück."

„Oh je, das muss Udo aber getroffen haben!"

„Ja, das tat es auch. Er war ganz außer sich! Seiner Meinung nach schmälerte sein Erscheinungsbild die Rolle nicht im Geringsten, sondern ließ auch die leiseren Töne glaubwürdig erscheinen, was der Rolle keinen Abbruch gab. Ich konnte Udo fast nicht beruhigen. Es war zu erwarten, dass Udo in der Besprechung der Zeitung offen kritisiert wurde. Das konnte er nicht verkraften."

„Das passte zu Udo. Er konnte es nicht zulassen, dass irgendjemand schlecht von ihm sprach oder schlecht von ihm dachte."

„Richtig. Alles musste perfekt sein. Und das in jedem Lebensbereich."

Als Gerald wieder auf dem Nachhauseweg war, dachte er, wie froh er war, mit Olaf das Gespräch geführt zu haben. Es konnte zumindest geklärt werden, um was sich der Streit handelte, den Erik beobachtet hatte.

Gerald vertraute Olaf. Er war als Mensch integer und seinen Freunden loyal.

5

Bevor Gerald nach Hause ging, machte er einen Abstecher bei Martin und Veronika. Veronika, die von Beruf Kunstpädagogin war, war gerade dabei eine Bildbetrachtung für die Kunsthalle Karlsruhe vorzubereiten. Gerne ließ sie sich von Gerald ablenken. Auch Martin war sichtlich erfreut über Geralds Besuch. Gespannt wies er Gerald einen Platz auf der Couch und bat ihn, von seinen Gesprächen zu berichten. Gerald begann zu erzählen, Martin und Veronika hörten aufmerksam zu. Schließlich fragte Martin: „Was für ein Typ Mensch ist Olaf?"

Gerald überlegte nicht lange. Er erzählte von seinem beruflichen Werdegang und von seiner privaten Situation. Er war ein sympathischer, ordentlicher Mensch. Alles musste seine Ordnung haben. Alles musste gut strukturiert und aufgeräumt sein. Wenn was kaputt ging, so musste alles wieder schnell in Ordnung gebracht werden. Erst neulich musste Olaf sein Dach neu decken lassen, weil sich ein Marder im Dachstuhl eingenistet hatte. Das hatte er bei einer Probe erzählt. In kürzester Zeit war der Schaden wieder behoben. Das eben war typisch an Olaf.

„Und er und Udo hatten ein gutes Verhältnis?"

Ja, beide hatten sich ausgenommen gut verstanden. Ich glaube auch, dass sie befreundet waren. Olaf hat auch Udo schon in seinen Inszenierungen besetzt. Sie waren ein gut eingespieltes Team."

„Und ist er als Beobachter und Zeuge vertrauenswürdig?", fragte Martin.

„Ja, ich denke schon. Ich kenne ihn schon sehr lang."

„Gut. Ich danke dir für deine Mühe."

Veronika setzte sich aufrecht hin und wechselte unvermittelt das Thema: „Wie geht es dir und Leni? Wir fanden Leni ja sehr sympathisch an dem Abend."

„Oh, danke", seine Miene erhellte sich, „uns geht es gut."

„Du hast uns noch gar nicht erzählt, wie ihr beiden euch kennen gelernt habt?"

„Stimmt, das habe ich noch nicht. Das ist eine gute Geschichte. Ich habe mich auf Anraten von meinem Bruder bei einem Internetportal angemeldet. `Elsa´ heißt es. Es ist kostenlos für Frauen und auch für Männer. Mein Bruder sagte, ich solle über meinen Schatten springen und etwas wagen. Ich könne ja nur gewinnen und nichts verlieren. Also meldete ich mich dort an. Anfangs schrieb ich noch niemanden an. Ich war viel zu schüchtern und dachte mir, dass ich eh keine Chance hätte. Ziemlich schnell war ich frustriert und wollte mich schon wieder abmelden, weil mich keine Frau angeschrieben hatte. Aber dann sah ich dort eine tolle Frau, zumindest auf dem Bild und schrieb sie an. Es entstand ein oberflächlicher Chat, der aber ins Nichts verlief. Egal, dachte ich mir. Nur weiter so, wenn eine Frau geantwortet hat, so wird es bestimmt eine weitere auch tun. Es entstanden einige Kontakte mit Frauen, jedoch wohnten die irgendwo in Baden Württemberg und nicht in meiner Nähe. Da entschloss ich mich einfach, blind alle Frauen anzuschreiben, die in meiner Nähe angemeldet waren. Zwei Frauen antworteten auch tatsächlich. Eine davon war Leni." Er grinste bis über beide Ohren und wurde dabei etwas rot.

„Das ist ja eine tolle Geschichte", befand Veronika. „Und es ist eine moderne Art, seinen Partner kennen zu lernen. Ich selbst habe es noch nie versucht, aber ich habe auch Freundinnen, die auf diese Art und Weise glücklich wurden."

„Woher kommt denn Leni?", wollte Martin wissen.

„Leni stammt gebürtig aus einem kleinen Dorf bei Frankfurt. Seit einigen Jahren wohnt sie nun schon in

Bruchsal. Wir sind sehr glücklich und nun schon seit über fünf Monaten zusammen."

Martin betrachtete Gerald nachdenklich. Irgendetwas gefiel ihm nicht. Er sagte zwar, dass er glücklich wäre, aber seine Augen verrieten etwas anderes. „Gerald, wir kennen uns schon so lange und ich weiß ganz genau, wenn irgendetwas nicht stimmt. Mir kannst du es ruhig sagen, wenn dich irgendwas belastet."

Gerald schaute unsicher von Martin zu Veronika. „Woher weißt du, dass mich etwas belastet?"

„Das ist nicht schwierig zu erraten."

„Ja, da hast du Recht", Gerald schloss für einen kurzen Moment die Augen. „Ich liebe Leni wirklich, sehr. Sie ist eine tolle Frau. Und ich denke, dass sie mich auch liebt. Aber sie kann es mir nicht richtig zeigen."

„Wie meinst du das?", mischte sich Veronika ein.

„Naja, wie soll ich das sagen." Er wurde unruhig, während er sprach. „Wir küssen uns und das ist wunderschön. Wir berühren uns zärtlich. Aber mehr als das haben wir noch nicht gemacht. Immer, wenn ich ihr zu nahe komme, dann verhärtet sich ihr Körper und sie wendet sich ab. Ich meine, ich sage mir immer, dass es ja nicht so wichtig ist oder? Hauptsache, wir lieben uns." Er brach ab.

„Da hast du Recht", sagte Veronika. „Körperliche Nähe und Sex sind nicht alles. Du musst ihr Zeit lassen. Vielleicht hat sie schlechte Erfahrungen gemacht oder braucht einfach mehr Zeit, sich zu öffnen."

„Naja, eine gesunde Sexualität ist eine der Hauptsäulen in einer intakten Verbindung, wie ich finde. Leidenschaft, Respekt und Freundschaft sind unabdingbar in einer Beziehung", urteilte Martin. „Wenn eine Säule nicht vorhanden ist oder ins Wanken gerät, dann hat die Beziehung keinen gesunden Grund mehr. Du solltest auf jeden Fall mit ihr Reden und ihr sagen, wie du empfindest"

Gerald schluckte. Er mochte lieber Veronika glauben. Leni versicherte ihm, dass sie ihn liebe und er war gewillt zu warten, bis sie die Nähe ertragen konnte. Schnell stand er auf und bedankte sich bei Martin und Veronika für die offenen Worte.

Beim Verabschieden lud er Martin und Veronika ein, am Samstag beim Abbau der Kulisse von `Endstation Sehnsucht´ zu helfen. Es würden alle Hände gebraucht werden, außerdem würden alle Beteiligten wieder zusammenkommen und Martin könnte mit ihnen persönlich ins Gespräch kommen.

Martin nahm die Einladung dankend an.

Alle aus dem Ensemble waren zum Abbauen der Kulisse erschienen. Auch Kimberly gesellte sich zu der Gruppe hinzu. Sie standen im Zuschauerraum zusammen. Olaf öffnete ein großes Tor, das in den Hof hinaus führte. Dort parkte ein Lastwagen, mit dem die Kulissenteile anschließend in eine große Lagerhalle transportiert werden sollten. Gerald merkte, dass einige aus der Gruppe erstaunt über die Anwesenheit von Martin und Veronika waren. Daraufhin stellte er die beiden nochmals vor und gab an, dass er sie mitgebracht hätte, weil jede helfende Hand benötigt werden würde. Nach einer kurzen Begrüßung ging es mit dem Arbeiten los. Das Bühnenbild war sehr aufwendig gestaltet. Man musste die Wohnung der Kowalskis, einen Balkon und einen Straßenzug, der an der linken Seite der Bühne aufgebaut war, auseinander bauen und verladen. Frederick, der handwerklich begabt war und die Bühne maßgeblich konstruiert hatte, übernahm die Leitung. Die Frauen sollten die Bühnenteile festhalten und fixieren, während die Männer diese auseinander schraubten. Die Arbeit ging nur zäh voran. Dabei wurde nicht viel gesprochen. Die Stimmung war noch sehr bedrückt. Es war das erste Zusammentreffen nach dem tragischen Ereignis. Olaf spürte, dass Katharina, die anfänglich einen sehr unsicheren und zurückhaltenden Eindruck gemacht hatte, förmlich aufblühte. Die Ablenkung tat ihr offenbar sehr gut.

„Es ist schön, dass du gekommen bist", sagte er ihr, als sie draußen zusammenstanden.

„Ja, ich bin auch froh. Ich musste einfach mal raus aus meiner Wohnung, verstehst du? Ein bisschen durchatmen. Es gibt zu Hause so viel zu tun und ich weiß nicht, womit ich als erstes anfangen soll. Udo hat mir einen Wust an Unterlagen hinterlassen. Ein großes Durcheinander. Ich meine, er war zeitlebens für alle finanziellen Belange zuständig. Er hat alles Offizielle geklärt. Ich habe ja keine Ahnung von alledem. Da gibt es Rechnungen, die noch offen sind, Belege, die ich nicht zuordnen kann, Versicherungen, die gekündigt werden müssen. Und dann ist da noch die Beerdigung. Die muss ich auch noch organisieren. Gott sei Dank sind die Kinder bei meinen Eltern.." Sie wischte sich über die Stirn. „Alleine konnte ich zu Hause keinen klaren Gedanken mehr fassen. Es tut gut, hier bei euch zu sein."

„Wenn du Hilfe brauchst, dann kannst du dich an mich wenden."

„Ich danke dir. Das ist lieb von dir."

Erik und Armin kamen mit einem großen Bühnenteil nach draußen. Als sie Katharina und Olaf zusammen stehen sahen, befand Erik unhöflich: „Los, weiter geht's. Wir sollen nicht quatschen, sondern mit anpacken. Damit wir rechtzeitig fertig werden."

Armin war diese Bemerkung etwas unangenehm. Er hatte mehr Empathie für die Gefühlslage von Katharina als Erik. „Lass gut sein, Erik. Jeder braucht auch mal eine Pause." Er lächelte Katharina unbeholfen an. Die beiden gingen wieder hinein.

Während Olaf ebenso ins Theater ging, um anzupacken, gesellte sich Manuela zu Katharina, die gerade in Gedanken versunken vor sich hin starrte. Sie blickte Katharina mitleidig an. „Es tut mir so leid", flüsterte sie. „Ich wollte das nicht."

„Aber was redest du denn?", stammelte Katharina, die wieder ihr Bewusstsein erlangte. „Du kannst doch nichts dafür, dass irgendein Irrer Udo umbrachte."

Manuela sagte daraufhin nichts. Langsam nickte sie und nahm Katharina innig in den Arm.

Nach zwei Stunden harter Arbeit war die Wohnung bereits abgebaut und eingeladen. Die Gruppe machte eine Mittagspause und entschied sich, bei einem türkischen Schnellimbiss zwei große Partypizzen zu bestellen.

Martin hatte während dem Arbeiten die Gelegenheit genutzt, mit den anderen ins Gespräch zu kommen. Dabei war ihm aufgefallen, wie seltsam sich Manuela und Frederick benahmen. Sie waren ein Paar, das wusste er, hielten jedoch Abstand zueinander. Es sah so aus, als ob sie sich regelrecht meiden würden. Vielleicht hatten sie gerade Streit miteinander? Frederick war dabei sehr unterkühlt. Er redete nur das Nötigste und arbeitete viel, während Manuela mit meist gesenktem Blick dastand und leidend den anderen beim Arbeiten zusah.

Dann war da Erik, der zwar sehr fleißig mithalf, jedoch zu allem und jedem eine sarkastische Bemerkung hatte. Er wollte am liebsten die Führung an sich reißen, musste sich aber Fredericks Leitung unterwerfen. Es sah aus, als ob er jeden genauestens beobachtete.

Kimberly war die große Diva, die von allen bewundert werden wollte, aber nichts Gewinnbringendes zum Abbau dazutun konnte. Mit ihr hatte sich Martin sehr charmant über Theater und alles unterhalten können, was damit zusammenhing. Aber mehr war mit ihr nicht anzufangen.

Als die Pizzen gebracht wurden, saßen alle im Foyer 2 und aßen genüsslich. Gerald sagte in die Runde: „Es tut gut, euch alle wieder zusammen zu sehen, nach dem Schrecklichen, was bei der Premiere passiert ist."

Alle schauten unweigerlich auf Katharina. Sie bestätigte: „Es tut gut, ja. Ich danke euch für die ganze Anteilnahme."

„Dass du gekommen bist, finde ich bewundernswert", entgegnete Gerald. „Obwohl du doch bestimmt so viel zu tun hast."

„Ich habe es Olaf schon erzählt. Es gibt unheimlich viel Organisatorisches, was zu tun ist."

„Gibt es denn ein Testament?", mischte sich Martin ein.

Sie starrte Martin an. „Nein, ein Testament haben wir nicht gemacht. Als Ehefrau denke ich, werde ich alles erben. Und die Kinder bekommen auch einen Pflichtteil, der später ausgezahlt wird, wenn sie groß sind."

Martin nickte.

Gerald fragte, ob sie schon wüsste, wann die Beerdigung stattfinden würde. Sie bejahte und berichtete, dass Udos Leichnam bereits von der Polizei freigegeben wurde. Die Beerdigung würde nächsten Freitagnachmittag stattfinden. Alle würden natürlich eingeladen sein. Jeder bestätigte, dass er da sein würde.

„Hast du mit der Polizei gesprochen?", hakte Martin ein.

Sie nickte. Er setzte nach: „Und, was haben sie gesagt?"

Katharina erzählte, dass sich die Polizei bedeckt halten und nur vage Vermutungen aussprechen würde. Sie musste mehrmals ihre Zeugenaussage wiederholen. Auch hatten sie das Haus durchsucht und ihre finanzielle

Situation akribisch überprüft. „Ich denke, sie glauben, dass sich ein bis jetzt Unbekannter Zutritt verschafft und Udo erstochen hat. Ihr habt ja alle mit der Polizei gesprochen und eure Aussage gemacht. Ich glaube nicht, dass sie einen von uns hier verdächtigen." Sie machte eine kurze Pause, bevor sie ihre Stimme senkte und weitersprach: „Sie gehen davon aus, dass es um Geld geht. Dass Udo wegen Geld umgebracht worden ist, denn sie haben herausgefunden, dass Udo vor zwei Monaten die Summe von 60 000 Euro abgehoben hat. Ich selbst weiß nicht, was er mit dem Geld gemacht hat. Er hat mir gegenüber nichts von dieser Summe erwähnt. Die Polizei glaubt nun, dass Udo mit diesem Geld krumme Geschäfte gemacht hat. Vielleicht hat er dieses Geld auch jemand Drittem gegeben oder geliehen. Vielleicht wollte Udo sein Geld wieder zurückhaben und musste deswegen sterben."

„Das klingt aber abenteuerlich", befand Olaf. „Das kann ich mir nicht vorstellen."

„Wie gesagt. Die Polizei hält sich bedeckt. Vielleicht werden sie nochmals auf einen von euch zukommen, um zu erfahren, ob ihr etwas gesehen oder gehört habt."

Martin hörte aufmerksam zu. 60 000 Euro sind eine große Summe. Es wurden schon Menschen für weit weniger umgebracht.

Dann mischte sich Erik in die Unterhaltung ein: „Die Polizei geht also davon aus, dass ein Fremder Udo getötet hat?" Katharina bestätigte. „Das ist ja komisch. Wo doch so viele Menschen anwesend waren an dem Abend und niemandem ist ein Fremder aufgefallen. Findet ihr das nicht auch komisch?"

Olaf war bestürzt: „Was soll das denn heißen?"

„Ich meine nur, ich habe doch recht gut aufgepasst und ich habe niemanden gesehen." Er blickte provokant in die Runde.

Manuela sah ihn mit aufgerissenen Augen an.

„Ich weiß sehr wohl, wer auf der Feier wo war und wer mit wem geredet hat. Ich habe meine Augen offen gehalten und gut aufgepasst. Aber ich sage nichts. Ihr könnt ganz beruhigt sein. Ich werde meine Beobachtungen für mich behalten."

Martin spürte, wie die Luft zu knistern begann. Erik hatte eine Andeutung gemacht und er wusste nicht recht, was er davon halten sollte. Es schien als wüsste er etwas Entscheidendes. Vielleicht aber wollte er sich nur wichtigmachen, um sich in den Vordergrund zu spielen. Es war schwierig zu beurteilen. Es wurde schlagartig still.

Frederick brach das Schweigen: „Ich denke, wir müssen jetzt weiterarbeiten. Und du Erik, halte dich ein bisschen zurück, ja?"

Erik grinste. Dann standen alle auf und machten sich wieder an die Arbeit.

6

Nach getaner Arbeit standen noch einige zusammen vor der Muschel, rauchten und unterhielten sich. Erik, Kimberly und auch Armin waren bereits gegangen. Katharina wollte noch nicht wieder nach Hause gehen, weil sie wusste, dass dort eine Menge Arbeit auf sie wartete. Sie fühlte sich wohl und geborgen in der Gruppe. Das Gesprächsthema war Erik, der mit seinen Bemerkungen offenbar Unfrieden stiften wollte. Es war ganz absurd, dass jemand aus der Gruppe für den Tod Udos verantwortlich gewesen wäre. Sicher handelte es sich um das Geld, meinte Frederick, um die 60 000 Euro, die verschwunden waren. Jedoch konnte sich keiner recht vorstellen, dass Udo in krumme Geschäfte verwickelt war. Es musste etwas geschehen sein, das keiner wusste. „Unglaublich", befand Gerald, „man denkt, man kennt jemanden und dann stellt sich heraus, dass es eine dunkle Seite gab, von der niemand etwas ahnte."

Olaf sagte nichts in dieser Diskussion. Er stand stumm daneben und rauchte seine Zigarette.

Kurz darauf beobachtete Martin, wie Manuela Katharina einhakte und sich mit ihr etwas absonderte. Leider konnte er nicht hören, was beide miteinander besprachen. Er sah nur, dass Katharina traurig wurde und Manuela sie tröstete.

„So, wir werden jetzt nach Hause gehen. Wir sehen uns bei der Beerdigung am Freitag", sagte Frederick. „Manuela, komm, wir gehen!" Beide verabschiedeten sich. Olaf schloss sich ihnen an. Martin und Veronika verabschiedeten sich ebenso. Als Gerald und Katharina übrig blieben, bot er ihr an, sie bis nach Hause zu begleiten. Katharina nahm dankend an. Sie machten sich auf den Weg. Nachdem sie eine Weile lang stumm nebeneinander hergelaufen waren, fragte Gerald einfühlsam: „Ich habe vorhin gesehen, wie du mit Manuela geredet hast. Du machtest einen traurigen Eindruck und sie hat dich getröstet. Wenn du jemanden zum Reden brauchst, dann bin ich auch jederzeit für dich da."

„Ich danke dir." Sie lächelte ihn traurig an.

Wieder verstummte das Gespräch. Nach einer Weile begann sie: „Weißt du, ich war schon lange nicht mehr glücklich mit Udo. Unsere Ehe war nicht so, wie sie nach außen hin schien. Ja, wir hatten alles, was man sich wünscht. Wir hatten keine finanziellen Probleme. Uns ging es gut. Die Kinder waren einigermaßen gut erzogen, sie machten uns keinen Kummer. Und Udo konnte sehr nett und charmant sein. Aber trotzdem war unsere Beziehung", sie suchte nach den richtigen Worten, „wie soll ich das nur erklären? Sie war ausgebrannt. Das Feuer, das uns einst verbunden hatte, war längst erloschen. Wir lebten einfach nebeneinander her. Gut, im Alltag haben wir funktioniert. Und das Theaterspielen machte uns beiden Spaß, das hatten wir noch als Gemeinsamkeit. Aber die Leidenschaft war nicht mehr da. Ich spürte schon lange, dass sich Udo von mir distanziert hatte und ich befürchtete, dass er sich umorientierte und heimlich eine andere Frau liebte."

„Du meinst, er hatte ein Verhältnis?"

„Das vermutete ich schon lange. Das musste die Erklärung sein."

„Hast du ihn denn danach gefragt?"

„Nein, ich hätte niemals gefragt. Und ich hätte ihn auch nie verlassen. Schon wegen der Kinder nicht." Dann blieb sie unvermittelt stehen, drehte sich Gerald zu und sagte mit leerem Blick: „An der Premierenfeier, nach dem offiziellen Teil, da hat er es mir dann gestanden. Er sagte, dass er die Scheidung wolle, da er eine andere Frau liebe."

Gerald blieb fassungslos stehen.

„Ich konnte ihm daraufhin keine Antwort geben. Ich glaube, ich hatte es nicht wirklich realisiert, was das bedeutete. Ich blieb stumm stehen und sah ihn an. Dann drehte er sich um und ging fort. Eiskalt war sein Blick gewesen, starr und hart. Dann einige Augenblicke später sackte ich zusammen."

„Weißt du denn, wer es ist?"

„Nein, das hat er mir nicht verraten. Ich habe keine Idee, wer es sein könnte."

„Das war also der Grund, warum du so betrübt auf der Premierenfeier warst. Ich konnte mir keinen Reim darauf machen."

„Ja, jetzt weißt du es."

„Aber wieso hat er es dir ausgerechnet auf der Feier gesagt?"

Katharina zuckte mit den Schultern: „Ich weiß es nicht. Er fühlte sich offenbar gut und stark an dem Abend nach seinem großen Erfolg."

„Aber ich verstehe das nicht. Er küsste dich doch noch?"

„Das war alles nur gespielt. Das konnte er gut."

Sie gingen wieder weiter. Gerald schüttelte den Kopf. Wie gefühllos war Udo gewesen. Dann sagte er: „Hast du der Polizei davon erzählt?"

„Aber nein. Das hat doch mit dem Mord nichts zu tun. Das ist unsere Privatangelegenheit."

Gerald nahm ihre Hand. „Katharina, du musst vorsichtig sein. Versprichst du mir das? Die Tatsache, dass Udo eine Geliebte hatte, kann bedeuten, dass jemand ein eindeutiges Motiv für den Mord an ihm gehabt hat, Gesetz den Fall die Geliebte war ebenso wie du noch in einer Beziehung."

„Du meinst, es war ihr Partner?"

„Das ist zumindest eine Möglichkeit. Aber bitte sei klug und sage erstmal nichts der Polizei, ja? Sie könnten dich ebenso verdächtigen, aus Eifersucht Udo getötet zu haben."

Katharina wurde bleich. Dieser Gedanke war ihr noch nicht gekommen. Sie hätte als betrogene Ehefrau auch ein Motiv für den Mord gehabt. „Ja, ich werde nichts sagen", sagte sie schnell.

„Gut, da bin ich beruhigt."

Die letzten Meter bis zu Katharinas Haus gingen beide stumm nebeneinander her. Dann verabschiedete sie sich von Gerald mit den Worten: „Du bist ein guter Freund. Ich bin froh, dass es dich gibt."

„Und du weißt, wenn du jemanden brauchst, der dir hilft oder du ein offenes Ohr suchst, ich bin für dich da."

Sie lächelte ihn an, schloss die Tür auf und verschwand im Haus.

Gerald nahm sein Handy und wählte eine Nummer. „Martin, ich habe einige Neuigkeiten für dich."

7

Erik saß abgespannt in seinem Ohrensessel. Der Arbeitstag heute war anstrengend gewesen. Er arbeitete im Bürgerbüro Bruchsal und hatte heute dutzende Personalausweise ausgestellt. Dabei waren manche Kunden nicht freundlich und höflich geblieben, was ihn sehr verärgerte. Immer wenn es etwas länger dauerte oder er etwas nicht auf Anhieb verstand, waren sie genervt und gereizt. Erik fühlte sich geistig nicht ausgelastet in seinem Beruf. Die Eintönigkeit ließ ihn auf Dauer abstumpfen. Ursprünglich hatte er Jurist werden wollen, doch das Studium war zu anspruchsvoll gewesen und er musste es aufgeben. So kam es, dass er bei der Stadt eine Ausbildung machte und die Anstellung im Bürgerbüro bekam. 20 Jahre saß er nun schon von acht bis vier auf dem Amt und bediente Bürger, die noch unzufriedener mit ihrem Leben waren, als er selbst,

Nun trieb ihn der Hunger in die Küche. Dort wollte er sich etwas Leckeres zu Essen kochen. Erik war weder verheiratet, noch hatte er Kinder zu versorgen, so brauchte er nur für sich selbst etwas zuzubereiten. Er öffnete den Kühlschrank und nahm verschiedene Gemüsesorten und ein großes Stück Fleisch heraus. Nachdem er das Gemüse gewaschen, geputzt und geschnitten hatte, begann er, es mit viel Öl in einer Pfanne auf seinem Gasherd anzubraten. Das große Nackensteak würzte er herzhaft und bereitete es ebenso in einer zweiten Pfanne zu.

Als er gerade dabei war den Tisch zu decken, klingelte es. Er zog seine Kochschürze aus und öffnete die Tür. Etwas überrascht sagte er: „Na sowas, was ist denn heute nur los? Was kann ich für dich tun?"

Martin und Veronika saßen gemeinsam am Frühstückstisch. Martin las die Zeitung und Veronika war gerade dabei sich ein Brötchen mit Marmelade zu schmieren. Im Hintergrund lief das Radio und spielte vergnügliche Musik. Martin musste heute später ins Fotostudio nach Karlsruhe fahren und Veronika hatte erst am Nachmittag ihre erste Gruppe in der Kunsthalle zu leiten. Er liebte es, gemeinsam mit Veronika langsam den Tag zu beginnen, genüsslich seine Zeitung zu lesen und sich mit ihr zu unterhalten. Beide waren entspannt und ausgeruht. Es hatte sich in den letzten Tagen seit dem Abbau des Bühnenbilds nichts weiter Interessantes ergeben.

Da stutzte Martin plötzlich, als er einen kleinen Artikel in der Rubrik `Regionales´ sah. Er hob die Augenbraue und las Veronika die Schlagzeile vor: `Hausbrand mit tödlichem Ausgang´. Er überflog laut die Mitteilung:

> *„In der vergangen Nacht spielte sich in Bruchsal, Hans-Thoma-Straße, eine Tragödie ab. Ein Einfamilienhaus brannte bis auf die Mauern ab. Eine Person ist dabei ums Leben gekommen. Die Polizei machte als Brandursache einen defekten Gasherd aus. Die Feuerwehr konnte verhindern, dass sich das Feuer auf die umgrenzenden Gebäude ausbreitete.“*

Veronika setzte ihre Tasse ab und unterbrach ihn: „Das ist ja tragisch. Wie gut, dass sie das Feuer unter Kontrolle gebracht haben und keine weiteren Häuser betroffen waren. Ich habe es schon immer gesagt: Gas ist sehr gefährlich. Ich selbst wollte keinen Gasherd in meiner Wohnung haben."

Martin grunzte kurz, was so viel bedeutete, wie: Ja, ja, das kann schon sein.

Dann klingelte das Telefon. Martin stand auf und holte es in die Küche. „Fennberg."

„Hallo Martin, ich bin es Gerald."

Martin war erfreut: „Hallo, was gibt's?"

Geralds Stimme klang gehetzt und aufgeregt: „Hast du heute schon die Zeitung gelesen?"

„Ja, ich habe sie eben gelesen. Was ist damit?"

„Darin steht ein Bericht über einen Brand. Die Hans-Thoma-Straße ist drei Querstraßen von meiner Wohnung aus entfernt. Aus Neugier bin ich heute Morgen, nachdem ich darüber gelesen habe, mit dem Rad vorbeigefahren, um mir das Haus anzuschauen. Da sah ich, dass es das Haus von Erik war. Ich bin total geschockt!"

Martin wurde bleich vor Schreck. „Gerald, bist du dir sicher?"

Gerald bestätigte seine Annahme. Sofort fragte Martin, ob Gerald nicht bei ihnen vorbei kommen könne. Sie wollten persönlich darüber sprechen, was das zu bedeuten hatte. Gerald musste jedoch zur Arbeit gehen und hatte dazu keine Zeit. Sie verabredeten, dass Gerald gleich am frühen Abend vorbei kommen würde.

Nachdem Martin den Hörer aufgelegt hatte, berichtete er Veronika von der schrecklichen Nachricht. Sie konnte es nicht fassen: „Der arme Erik. Meinst du, dass er es war, der in dem Haus verbrannte?"

„Ich hoffe nicht, aber es liegt nahe."

Veronika sagte langsam vor sich hin: „Zwei Tote in knapp zwei Wochen."

Der Tag war für Martin bedrückend gewesen. Er tat pflichtbewusst seine Arbeit, war aber in Gedanken immer bei Erik und dem Hausbrand. Der Brand sei zufällig entfacht, schrieb die Polizei. Dennoch fragte er sich die ganze Zeit, ob der Brand nicht doch absichtlich gelegt worden war. Auch hoffte er, dass die tote Person nicht Erik war. Vielleicht war ein anderer im Haus gewesen, als das Feuer ausbrach. Als er zu Hause ankam, konnte er es kaum erwarten, bis Gerald kam und sie darüber sprechen konnten. Veronika war schon zu Hause und erwartete ihn. Gegen 18 Uhr klingelte Gerald an der Tür. Martin bat ihn herein. Gemeinsam setzten sie sich an den Esszimmertisch. Martin berichtete Gerald von seinen Gedanken und seinen Zweifeln. Gerald meinte jedoch mit Bestimmtheit, dass der Tote mit aller Wahrscheinlichkeit Erik sein musste. Er habe keine Familie gehabt und lebte alleine. Es musste so gewesen sein. Martin grübelte und kam auf das Feuer zu sprechen: „Was meinst du, war Erik ungeschickt im Haushalt, sodass es zu einem Unfall mit dem Herd kommen konnte?"

Gerald schüttelte den Kopf. Erik sei stets organisiert, umsichtig und genau gewesen. Er konnte es sich nicht vorstellen, dass der Brand durch sein Verhalten ausgelöst wurde.

Angestrengt dachte Martin weiter: „Er war also nicht unbeholfen. Hm, wahrscheinlich hatte er den Brand also nicht selbst verursacht. In der Zeitung steht, dass ein defekter Gasherd die Brandursache war. Das ist ein schlimmer Zufall, nicht?"

Gerald befand: „Du meinst, dass so kurz nach dem Tod von Udo gleich noch einmal so eine Tragödie passiert? Innerhalb eines Bekanntenkreises?"

„Genau. Ich kann mir nicht helfen, aber ich kann nicht an Zufälle glauben."

„Nein, ich irgendwie auch nicht."

Martin klopfte auf die Tischplatte. „Nehmen wir einmal an, dass der Brand absichtlich gelegt wurde. Dass es jemand in Kauf genommen oder sogar geplant hatte, Erik umzubringen."

Veronika schluckte.

Martin fuhr fort: „Dann bleibt die Frage wichtig: wieso? Wieso legte jemand den Brand und nahm in Kauf, Erik zu töten oder wieso wollte jemand Erik gar umbringen?"

„Wieso?" , wiederholte Gerald.

„Ja, es muss einen Grund dafür geben, ein Motiv."

„Vielleicht hat er etwas gewusst?", sagte Gerald nach einer Pause.

„Hm, richtig." Für einen kurzen Moment schloss Martin die Augen. „Ja, das muss es sein! Was konnte er gewusst haben?" Er dachte an die Premierenfeier und an den Mord an Udo. „Vielleicht hat er am Mordabend etwas Wichtiges gesehen, was mit dem Mord an Udo zusammenhängt."

„Du hast Recht", stimmte Gerald mit ein. „Er muss etwas gesehen haben."

„Vielleicht hat der Mörder von Udo bemerkt, wie er an der Premierenfeier beobachtet wurde und Erik wurde für ihn zur Gefahr?" Martin stand auf. Er spürte, dass sie auf etwas Wichtiges gestoßen waren. „Vielleicht hat Erik aber auch dem Mörder eindeutig zu verstehen gegeben, dass er es weiß. Er könnte ihn erpresst haben?" Dann, plötzlich, erhellte sich sein Blick. Ihm schien etwas aufgefallen zu sein. Betont sprach er weiter: „Der Mörder hat einen Hinweis erhalten. Erinnert euch an letzten Samstag beim Abbau des Bühnenbilds, da hat er uns allen beim Mittagessen eine unmissverständliche Andeutung gemacht. Erinnert ihr euch? Was sagte er noch gleich? ‚Ich weiß, wer wo und wann war.' War es nicht so?"

Gerald und Veronika versuchten sich zu erinnern. Dann bestätigten sie Martins Entdeckung. Erik hatte also dem Mörder so mitgeteilt, dass er seine Identität kenne. Der Mörder musste also reagieren. So musste es gewesen sein. Er wusste, wer es war und musste deswegen sterben.

„Aber, wenn er dem Mörder von Udo einen Hinweis gegeben hatte, dann musste der Mörder an dem Nachmittag ja da gewesen sein?", fragte Gerald ungläubig. Seine Theorie von einem fremden Mörder schien damit endgültig widerlegt zu sein.

Das war die logische Schlussfolgerung, meinte Martin. Der Mörder war beim Mittagessen anwesend.

Die drei erinnerten sich gemeinsam, wer daran teilgenommen hatte. Es waren: Kimberly, Olaf, Katharina, Manuela, Frederick, Armin sowie Gerald, Martin und Veronika. Gerald, Martin und Veronika schieden aus. Also blieben sechs Personen. Der Mörder musste einer von diesen sechs Personen gewesen sein. Der Gedanke erschütterte Gerald. Wie konnte er sich so in einer Person getäuscht haben?

8

Gerald band sich seine schwarze Krawatte um. Dabei betrachtete er sich im Spiegel. Seine Augen hatten tiefschwarze Augenringe. Die Ereignisse der letzten zwei Wochen hatten ganz sichtbar ihre Spuren hinterlassen. Er konnte die Trauer um die Toten nicht einfach wegstecken. Ständig dachte er an Udo und Erik und wie endgültig und grausam der Tod war. Leni wartete währenddessen im Wohnzimmer. Sie hatte ein schwarzes Samtkleid an. Ihr blasser Teint verlieh ihr etwas Engelhaftes. Als er fertig angezogen war, umarmte und küsste er sie. Sie küsste ihn zaghaft zurück, ihr Körper erstarrte jedoch für einen Augenblick. Gerald merkte es und ließ sofort von ihr ab. Stumm verließen sie die Wohnung und machten sich auf den Weg zu Udos Beerdigung. Diese fand auf dem örtlichen Friedhof statt.

Als sie dort ankamen, sahen sie an die zweihundert Menschen dort stehen. Es dauerte eine Weile, bis sie die Gruppe der Muschel fanden. Bis auf Margot waren alle versammelt. Martin und Veronika gesellten sich ebenso dazu. Sie standen außerhalb der kleinen Grabkapelle, in der der Sarg aufgebahrt war. Innen saßen die Familie und Verwandten, sowie die engeren Freunde und Arbeitskollegen. Der Pfarrer und zwei Ministranten eröffneten die Trauerfeier mit einer kurzen Ansprache. Es folgten Gebete und Psalmen. Die Lieder wurden im Wechsel mit einer Scola gesungen. Nach der feierlichen Andacht in der Kapelle machte sich die Trauergemeinde auf den Weg zum Grab. Dort wurde der Sarg langsam hinabgelassen und gesegnet. Jeder konnte nun seine Aufwartung machen und Erde ins Grab hinabstreuen. Anschließend durfte man der trauernden Witwe und der Familie kondolieren.

Martin beobachtete, wie alle aus der Gruppe nacheinander am Grab standen, hinunternickten und Katharina die Hand schüttelten. Sie waren sehr betroffen. Besonders Leni tat dies auf eine auffallend liebevolle und vertraute Art.

Als Martin an der Reihe war und Katharina sein Beileid wünschte, merkte er, wie kalt ihr Blick war, was ihn befremdete.

Nicht alle Trauernden waren hinterher zum Leichenschmaus eingeladen. Es blieb ein kleiner Kreis aus Familie, Arbeitskollegen und Theaterleuten. Martin und Veronika wurden ebenso eingeladen.

Katharina saß bei ihrer Familie. Die Gruppe hatte einen eigenen Tisch. Während der Kaffee serviert und Kuchen gegessen wurde, unterhielt sich die Gruppe angeregt über den tragischen Brand, der sich vorgestern am Spätabend ereignet hatte. Jeder hatte auf eine andere Art und Weise davon erfahren. Es musste Erik gewesen sein, den sie gefunden hatten, meinte Frederick. Sonst wohnte niemand in dem Haus. Denn wenn es nicht Erik gewesen wäre, wo würde er sich denn jetzt aufhalten? Niemand hatte ihn mehr gesehen. Schnell waren sich alle einig. „Armer Erik", hörte man von Manuela. „Wie konnte das denn nur geschehen?"

„Es war ein unglücklicher Unfall", sagte Martin bewusst. „In der Zeitung stand, dass der Gasherd defekt war."

Er blickte in die Runde und erhoffte sich irgendeine Reaktion. Der Mörder, dachte er, musste erleichtert sein, wenn man von einem Unfall sprach. Aber er konnte keine eindeutige Reaktion herausfiltern. Alle waren sehr betrübt, dass sich gleich zwei Tragödien so kurz nacheinander abgespielt hatten.

Veronika fing an zu weinen. Martin schaute erstaunt zu ihr hinüber. Das passte gar nicht zu ihr. Sie meinte, dass das Schicksal sehr ungerecht wäre. Sie hätte am Donnerstag einen so schönen und vergnüglichen Abend mit ihrem Chor gehabt und Erik wäre zur gleichen Zeit so qualvoll gestorben. „Wie kann das Leben so grausam sein!", schluchzte sie.

Martin verstand sofort und nahm den Spielball dankend an: „Aber so ist das Leben, Veronika." Er strich ihr über den Arm. „Schau, ich war am Donnerstagabend im Fitnessstudio. Schon seltsam, wenn man sich bewusst macht, dass ein Bekannter gerade die schrecklichsten Momente durchlebt und man selbst ist gerade dabei Gewichte zu stämmen. Gerald, was hast du gemacht, an dem Abend als Erik starb?"

„Hm, ich war zu Hause und wartete auf Leni, die erst ihren Volkshochschulkurs absolvierte, anschließend noch in der Stadt einkaufen war, um uns danach etwas Leckeres zu kochen. Nicht war mein Schatz?"

„Ja, das stimmt. Wir haben es uns dann gemütlich gemacht. Es war ein schöner Abend", bestätigte Leni.

Veronika schluchzte auf. Martin war erleichtert, dass die anderen seinen Gesprächsimpuls annahmen und er so mehr von den Aktivitäten der anderen erfahren konnte.

Nacheinander erzählten sich auch die anderen, was sie an dem Abend gemacht hatten. Frederick arbeitete in der Garage, währenddessen Manuela seine Wäsche wusch und aufhängte. Den Abend hätten sie dann gemeinsam verbracht. Olaf hatte alleine seine Steuererklärung gemacht. Armin war ebenso alleine zu Hause und hatte Fernsehen geguckt. Kimberly war mit einer Freundin verabredet.

Martin hörte gespannt zu. Er bedankte sich bei Veronika mit einem Kuss. Damit hörten dann auch ihre Tränen auf. Er überlegte, wer für diesen Abend ein Alibi gehabt hätte und musste feststellen, dass praktisch alle die Möglichkeit gehabt hätten, den Brand zu legen. Früher oder später am Abend. Diese Betrachtung brachte ihn nicht weiter. Stumm blickte er vor sich hin.

„Weiß jemand etwas Neues von der Polizei?", wollte Olaf wissen. „Jetzt sind zwei Wochen vergangen seit dem Tod von Udo und wir wissen immer noch nichts Neues."

Doch keiner hatte eine Ahnung. Niemand war nochmals verhört worden. Martin dachte an die 60 000 Euro. Die Polizei würde bestimmt diese Spur verfolgen und gerade bei Udos Geschäftspartner Untersuchungen anstellen.

Katharina gesellte sich zu ihnen. Die Stimmung in der Runde war gleich viel gedämpfter. Keiner traute sich etwas zu sagen. Doch dann meinte sie: „Macht bitte keine traurigen Gesichter. Ich bin froh, dass es jetzt vorbei ist. Jetzt kann ich endlich durchatmen und loslassen."

Martin lächelte sie an. Gerald nahm sie in den Arm. Nachdem dann doch noch ein schönes Gespräch zu Stande gekommen war, neigte sich der Leichenschmaus dem Ende zu. Nach und nach verabschiedeten sich die Gäste. Katharina hielt Gerald am Arm und flüsterte ihm zu: „Bleibst du bitte noch? Ich muss dir etwas erzählen."

„Aber sicher doch, Katharina."

Als die beiden alleine zurückgeblieben waren, begann sie aufgebracht: „Gerald, ich muss dir etwas zeigen." Sie kramte aus ihrer Handtasche einen kleinen Kalender heraus. „Ich dachte, wenn ich dich heute sehe, dann werde ich ihn dir zeigen."

„Ist das dein Kalender?"

„Nein, es ist Udos Kalender. Darin hat er immer seine Termine eingetragen. Als ich ihn gestern durchblätterte, fand ich folgenden Eintrag." Sie schlug Donnerstag, den 4. April auf. Dann tippte sie mit dem Finger auf einen eingetragenen Termin.

Gerald las laut: „Christopher P., 15 Uhr". Ungläubig schaute er sie an und zuckte mit den Schultern. „Wer ist Christopher P.?"

„Das ist ein Notar. Er war ein Bekannter von uns. Udo hatte offenbar einen Termin mit ihm." Sie war ganz aufgeregt.

Gerald überlegte. „Hm, das muss ja nichts weiter bedeuten, Katharina. Wenn er ein Bekannter ist, dann kann es auch einfach nur ein Kaffeetrinken gewesen sein oder?"

Katharina beharrte: „Wenn sich Udo mit ihm getroffen hat, dann waren das jedes Mal offizielle Termine. Als wir unser Haus gekauft haben zum Beispiel, da benötigten wir ihn. "

„Ich verstehe."

„Ich weiß nicht, was er vor hatte Was wollte er mit Christopher besprechen?" Verzweifelt suchte sie nach einem Grund dafür, warum Udo den Notar aufgesucht hatte. Sie sprach vor sich hin: „Vielleicht ging es darum, unsere Scheidung durchzusprechen? Ich sagte dir ja, dass er die Scheidung wollte. Oder vielleicht wollte er ein Testament aufsetzen, in düsterer Vorahnung? Vielleicht wurde er ja erpresst und er wollte für den schlimmsten Fall wissen, dass all seine Lieben abgesichert wären?" Sie erschrak. „Oh mein Gott.

Vielleicht wollte er im Falle seines Todes seiner Geliebten etwas zukommen lassen?"

„Das ist alles möglich. Aber wenn du es herausbekommen willst, dann musst du dich mit diesem Christopher treffen. War er nicht heute auf der Beerdigung?"

„Nein, er war nicht da." Nach einer Pause sagte sie: „Du hast Recht. Spekulationen bringen nichts. Ich werde ihn anrufen und mich mit ihm verabreden. Ich danke dir, Gerald."

„Gerne. Ah, was ich noch fragen wollte: Was ist aus den 60 000 Euro geworden, die verschwunden sind? Hat sie die Polizei bereits gefunden?", wollte Gerald wissen.

„Nein, die Polizei hält sich bedeckt. Das Geld ist weg. Aber ich werde mich dort auch noch einmal erkundigen und nach dem Stand der Dinge fragen."

Sie umarmte Gerald schnell und bedankte sich nochmals für sein offenes Ohr. Dann verabschiedete sie sich mit den Worten: „Ich werde dir Bericht erstatten, was der Notar gesagt hat."

Katharina wartete im Restaurant `Da Vinci´ auf ihre Verabredung. Sie war sehr aufgeregt, sie wusste nicht, was sie erwartete. Nervös rührte sie ihren Kaffee um.

Dann öffnete sich die Tür und ein großer schlanker Mann trat herein. Er war blond, hatte eine fahle Haut und einen ernsten Gesichtsausdruck. Schnellen Schrittes ging er auf sie zu und schüttelte förmlich ihre Hand.

„Christopher, es ist schön, dass du es dir einrichten konntest", eröffnete sie. Er begrüßte sie höflich, nahm Platz und bedankte sich für die Einladung. Es war nun schon mehrere Jahre her, dass sie sich persönlich getroffen hatten. Das letzte Mal ging es um eine Eigentumswohnung, die sich Udo und Katharina als Geldanlage gekauft hatten. Umso überraschter war er nun, dass sie sich bei ihm gemeldet und um eine Unterredung gebeten hatte. Nachdem er sich einen Latte Macchiato bestellt hatte, wünschte er ihr herzliches Beileid und entschuldigte sich dafür, dass er nicht an der Beerdigung teilgenommen hatte. Eine Geschäftsreise hatte ihn daran gehindert. Katharina bedankte sich für seine Anteilnahme. Danach fragte er sie, worum es denn bei ihrem Treffen ginge. Etwas unsicher begann sie: „Ich habe eine wichtige Frage an dich, Christopher. Vorgestern las ich in Udos Terminkalender, dass er ein Treffen mit dir geplant hatte. Das Treffen war am Donnerstag, den 4. April. Ich möchte von dir wissen, worum es bei dem Treffen ging."

Er schaute sie mit großen Augen an. Seine Schweigepflicht verbot es ihm, über Dinge zu sprechen, die ihm seine Klienten anvertrauten. „Nun ja, Katharina, darüber darf ich nicht sprechen. Es tut mir leid."

Entgeistert schaute sie ihn an. Sie konnte es nicht fassen. Udo war ihr Ehemann und nun sagte Christopher, sie würde es nichts angehen. Sie versuchte ihm klar zu machen, wie wichtig ihr diese Information war: „Weißt du, ich mache mir ernsthafte Gedanken. Er war bei dir und drei Tage später wurde er ermordet. Ich habe so ein ungutes Gefühl. Es könnte doch sein, dass das Treffen bei dir mit dem Mord an Udo zusammenhängt."

Christopher nickte ruhig mit dem Kopf. Nüchtern sprach er: „Ich kann dich beruhigen. Wir hatten den Termin vereinbart, aber er ist nicht zustande gekommen. Ich musste ihn absagen, weil ich eine Grippe hatte."

In Katharinas Kopf arbeitete es. Der Termin war also geplatzt. Das, was Udo vorhatte wurde zumindest an diesem Tag nicht umgesetzt. „Und habt ihr den Termin verschoben?"

„Ja, wir haben einen neuen vereinbart, aber er ist vorher gestorben."

Katharina starrte vor sich hin. Sie versuchte erneut einen Anlauf: „Christopher. Ich vermute, dass es um ein Testament ging? Wollte Udo ein Testament aufsetzen?"

Christopher sagte nichts darauf.

„Bitte, Christopher, hilf mir. Ich weiß nicht, an wen und wohin ich mich sonst wenden sollte."

Leicht, fast unmerklich nickte er mit dem Kopf. Katharina schluckte. Es war also so, wie sie vermutet hatte. Udo wollte ein Testament aufsetzen. Wen wollte er als Begünstigten eintragen? Seine Geliebte? „Ich weiß, Udo hatte eine Geliebte. War sie es? Wollte er, dass sie sein Geld erbt, wenn ihm etwas zustoßen würde?"

Versteinert saß Christopher ihr gegenüber. Katharina konnte keine Reaktion in seinem Gesicht ablesen. War es nicht so? Sollte sie sich getäuscht haben? Ganz langsam sagte er: „Nein."

Dann beugte er sich vor und sprach im Flüsterton weiter: „Katharina, ich sage dir im Vertrauen nur zwei Wörter. Du wirst mir versprechen, dass du niemandem verrätst, dass du es von mir weißt."

Katharina bestätigte.

Leise sagte er: „Sein Bruder."

Ungläubig wiederholte sie die beiden Wörter: „Sein Bruder?" Sie erblasste. Wollte er einem Bruder sein Geld vermachen? Etwas verwirrt sprach sie: „Ja, aber er hat doch keinen Bruder."

Martin sah Gerald ungläubig an: „Udo wollte seinem Bruder Geld vererben?"

Gerald bestätigte, dass es genau das war, was ihm Katharina am Telefon erzählt hatte.

Martin setzte nach: „Und ein solches Testament sollte an dem besagten 4. April, drei Tage vor der Premiere aufgesetzt und beglaubigt werden?"

Gerald nickte. Katharina hatte aber behauptet, dass es keinen Bruder gäbe. Sie konnte sich die Aussage des Notars nicht erklären. Martin dachte nach. Vielleicht gab es einen Familienstreit, der schon Jahre anhielt. Vielleicht hatte Udo diesen Streit nun beigelegt und wollte seinem Bruder etwas Gutes tun. Aber Gerald beharrte darauf, dass Katharina nichts von einem Bruder gewusst hatte. All die Jahre müsste er ihr diesen verheimlicht haben. Nein, das klang nach seinem Dafürhalten sehr unrealistisch. Martin überlegte weiter. Er fragte sich, welche Gründe es geben könnte, seinen Bruder nicht zu kennen? Ihm kam nur eine Idee in den Sinn. Es musste sich um einen Halbbruder handeln. Ja, wenn der Vater von Udo zum Beispiel außerhalb seiner Ehe ein Kind gezeugt hätte und dieser Junge dann in einer anderen Familie aufgewachsen wäre. Dann wäre es möglich gewesen, dass sie sich nicht kannten. Vielleicht hatte der Junge erst spät von seinem wahren Vater erfahren und sich erst jetzt gemeldet. Udo war vielleicht sehr erfreut darüber und wollte ihn finanziell abgesichert wissen.

Er schlug vor, die Eltern von Udo danach zu befragen. Gerald entgegnete, dass beide Eltern leider schon vor Jahren verstorben seien. Martin spitzte die Lippen: „Dann können wir nur vermuten, dass es so war, ohne ganz sicher zu sein. Gehen wir erst einmal davon aus. Zumindest ist das die einzig plausible Erklärung für diesen unbekannten Bruder."

„Gut", meinte Gerald, „angenommen, dass du Recht hast. Was bedeutet das für den Mord an Udo?"

Martin setzte sich aufrecht hin. „Wenn Udo vorhatte ein Testament zugunsten seines Bruders zu machen und der Bruder davon ausging, dass dies am 4. April tatsächlich geschah, dann hatte der Bruder ein ernstzunehmendes Motiv für den Mord an Udo. Überleg doch mal: Er tötet Udo und erbt sein Geld."

Gerald war beeindruckt.

Martin legte den Finger auf seinen Mund. „Die Frage ist nur: Wusste der Bruder, dass der Termin verschoben wurde oder wusste er es nicht?"

„Was macht das für einen Unterschied?"

„Einen ganz großen sogar. Wenn er gewusst hatte, dass der Termin verschoben wurde, dann hätte er doch gewartet und ihn nicht vorher umgebracht, ehe das Testament geschrieben wurde. Das ist ein entscheidender Fakt."

Gerald nickte. Ja, Martin hatte Recht. So musste es sein. Es blieb nun nur noch die Frage, wie sich der Bruder ungesehen zutritt am Premierenabend verschaffen konnte. Ihn müssten doch alle bemerkt haben.

„Vielleicht hatte ihn Erik gesehen?", mutmaßte Gerald.

Martin schüttelte den Kopf: „Ja, aber wenn es doch ein ihm unbekannter Mann war, wie konnte Erik wissen, wer er ist? Und wie gab er ihm zu verstehen, dass er ihn gesehen hatte? An dem besagten Mittagessen, als Erik seine Andeutung gemacht hatte, war kein Fremder anwesend."

„Aber das bedeutet ja…" Gerald schaute Martin ungläubig an.

„Dass der Bruder jemand aus dem Ensemble sein muss."

„Aber das müsste doch jemand bemerkt haben", wehrte Gerald ab. „Die beiden mussten sich ja ganz vertraut behandelt haben. So etwas wäre mir doch aufgefallen."

„Ja, aber vielleicht wusste Udo anfänglich nichts davon. Er kannte ja seinen Bruder nicht. Und dann später, zu einem bestimmten Zeitpunkt, würde er es ihm gesagt haben. Vielleicht bat der Bruder darum, es erst einmal zu verheimlichen. Wir wissen ja seine Beweggründe nicht."

Gerald überlegte. Wer käme denn als Bruder von Udo in Frage? Es gab nur drei Männer: Frederick, Olaf und Armin. Sie alle drei könnten als Bruder in Frage kommen. Er erinnerte sich an den Premierenabend und spielte alle ihm möglichen Szenarien durch. Olaf hatte mit Udo gestritten. Vielleicht ging es da um das Erbe? Frederick war den ganzen Abend betrübt und still gewesen. Vielleicht trauerte er seinem Bruder nach, den er vorsätzlich umbringen wollte? Armin war eine Weile lang verschwunden und kam ganz verändert wieder zurück. Vielleicht hatte er Udo erstochen und war ganz erleichtert, weil er wusste, dass er viel Geld erben würde?

„Wir müssen genauer hinschauen", befand Martin. „Jemand spielt falsch und gibt vor, ein anderer zu sein. Außerdem ist ein zweiter Mord geschehen. Wir müssen vorsichtig sein."

9

Gerald betrat das Altenheim `Veilchenstift´. Schon als er durch die Schiebetür in den Eingangsbereich trat, kam ihm ein typischer Geruch entgegen. Es roch ganz eindeutig nach Krankenhaus. Er überlegte, was diesen typischen Geruch ausmachte. Es musste ein bestimmtes Putzmittel oder Desinfektionsmittel sein, was ihn daran erinnerte. Außerdem war die Luft überheizt und es hätte für seinen Geschmack wieder einmal gelüftet werden müssen.

Als er in die Halle trat, sah er viele alte Menschen in ihren Sesseln sitzen. Manche sprachen miteinander, manche saßen einfach nur da und starrten in die Luft. Niemand reagierte auf sein Eintreten. Vergebens suchte Gerald nach Personal. Es dauert etwa eine viertel Stunde, bis eine Pflegerin nach dem Rechten schaute und ihn bemerkte. Etwas peinlich berührt kam sie ihm entgegen. Höflich wurde er begrüßt. Er erklärte, dass er mit Frau Gieselwind telefonisch einen Besuchstermin vereinbart hatte. Die Pflegerin nickte und führte ihn in einen andern, kleineren Raum. Dort bat sie ihn einen Moment Platz zu nehmen. Sie würde Frau Gieselwind aus ihrem Zimmer hier her in den Fernsehraum bringen. Dann könnten sie sich miteinander unterhalten. Schnell verschwand sie durch die Tür. Gerald blieb alleine zurück. Wie unwohl fühlte er sich in diesem Altenheim. Die Atmosphäre hatte etwas Bedrückendes für ihn. Wenn man hier eingewiesen wurde, dachte er, war es die letzte Lebensstation. Kein Weg führte mehr zurück ins Leben. Die Menschen sahen aus, als würden sie warten. Sie warteten, aber nichts passierte. Nichts geschah, als der eintönige Tagesablauf. Aufstehen, essen, warten und wieder ins Bett gehen.

Er wurde aus seinen Gedanken gerissen, als sich die Tür öffnete und die Pflegerin mit einer älteren, gebrechlichen Frau herein kam. Sie setzte sie in einen Sessel. Die ältere Dame bedankte sich bei der Pflegerin und gab ihr zu verstehen, dass sie sie jetzt alleine lassen könnte. Zu Geralds Erleichterung machte Frau Gieselwind geistig einen wachen Eindruck auf ihn. Sie war körperlich geschwächt, aber im Denken und Sprechen noch klar. Aus ihren kleinen, wässrigen Augen schaute sie Gerald neugierig an. Er eröffnete das Gespräch, indem er ihr zunächst sein Beileid aussprach. Er erklärte, dass er ein Bekannter von Erik gewesen war. Er fand es eine passende Geste, persönlich seine Anteilnahme zu zeigen.

Frau Gieselwind bedankte sich freundlich bei ihm.

„Auch im Namen der Muschel möchten wir Ihnen unser herzliches Beileid aussprechen. Erik war immer ein zuverlässiges Vereinsmitglied. Er war stets bereit, Dienste für die Gemeinschaft zu übernehmen. Nicht nur aktiv auf der Bühne."

Frau Gieselwind lächelte leicht. „Ja, Erik war ein Guter. Er sprach immer gut von der Muschel und ich sah ihn gerne dort. Die Muschel war seine Familie, die er nicht hatte. Er war glücklich, dabei sein zu dürfen."

Geralds Körper durchfuhr ein kurzes Schauern, als er hörte, wie gut sie von der Muschel sprach. Ihm musste die Muschel sehr wichtig gewesen sein. Er dachte dann daran, dass Erik von vielen nicht sehr gemocht wurde. Niemandem dort war bewusst, dass die Muschel einen so hohen Stellenwert für Erik gehabt hatte.

„Ja, wir alle waren auch sehr glücklich", log er. „Er wird eine große Lücke hinterlassen."

Frau Gieselwind bestätigte Geralds Aussage.

„Umso mehr waren wir alle sehr geschockt, als wir von der furchtbaren Tragödie hörten. Dass Erik in seiner Wohnung verbrannte, weil der Gasherd einen Defekt hatte."

Frau Gieselwind schaute ihn erstaunt an. „Aber der Gasherd hatte keinen Defekt", sagte sie langsam.

Gerald blickte auf. „Nicht? Aber es stand in der Zeitung."

„Nein, das Feuer brach aus, weil sich das Essen, was er sich auf dem Herd zubereitete, entflammte. So erklärte es mir die Kriminalpolizei."

„Wie konnte er nur vergessen, dass auf dem Herd sein Essen kochte?" Gerald konnte sich dieses Verhalten nicht erklären.

Frau Gieselwinds Augen wurden traurig. Sie sagte matt: „Weil er erstochen wurde. Er wurde rücklings niedergestochen. Im Flur haben sie ihn auf dem Bauch liegend gefunden."

Gerald öffnete den Mund, konnte aber im ersten Moment nichts dazu sagen. Erik wurde ermordet und das Feuer war nur eine Folge daraus. Frau Gieselwind erzählte ihm, dass sich nun die Kriminalpolizei mit dem Mord befassen würde. Bisher hatten sie aber noch keine Ergebnisse erzielt. Zumindest wusste Frau Gieselwind nichts davon.

„Wir werden bald im Himmel miteinander vereint sein. Mein Sohn und ich." Diese Zuversicht und der Glaube daran erleichterten ihr, das Geschehene anzunehmen.

Als Gerald nach einer Stunde wieder das Altenheim verließ, rief er gleich Martin an. Dieser war nicht überrascht von der Neuigkeit: „Jetzt haben wir den Beweis", sagte Martin. „Erik wurde vorsätzlich ermordet. Der Mord geschah auf ähnliche Weise, wie der Mord an Udo. Für mich steht jetzt fest, dass die Morde von einer einzigen Person verübt worden sind."

Auf Anraten von Martin lud Gerald alle, die an der Premierenfeier beteiligt waren, in die Muschel zu einer Unterredung ein. Dabei sollte Gerald das Wort führen und nicht Martin. Er wollte nur beobachten und sehen, wie die anderen reagierten. Im Foyer 2 saßen sie nun verteilt an kleinen runden Tischen. Die Stimmung war angespannt. Wieso hatte er die Runde einberufen? Martin sah in fragende Gesichter. Gerald begrüßte alle und bedankte sich für ihr Kommen. Er erklärte, dass er sich die letzten Wochen viele Gedanken gemacht hatte und sehr beunruhigt war. Er berichtete von dem Gespräch mit Eriks Mutter. „Als ich Eriks Mutter mein Beileid aussprach, kam bei dem Gespräch heraus, dass Erik ebenso wie Udo erstochen wurde. Der Brand war nicht die Todesursache. Erik wurde ermordet."

Katharina sah erstaunt zu Gerald. „Was willst du damit sagen?"

„Ich will sagen, dass meiner Meinung nach die beiden Morde zusammenhängen müssen, da sie so kurz hintereinander auf eine ähnliche Weise ausgeführt wurden."

Olaf raunte: „Ja, das ist schrecklich mit Erik. Aber wirklich, Gerald, das sind doch nur Spekulationen."

„Genau, das beweist ja gar nichts", mischte sich Frederick mit ein.

„Warum überhaupt hast du uns heute einberufen? Um uns das mitzuteilen?" Olaf war verärgert.

„Nein, ich wollte euch nur um eines bitten: Geht in euch, überlegt noch einmal genau. Habt ihr an der Premierenfeier irgendetwas Auffälliges gesehen? Mit wem ging Udo in die Garage? Wer war mit Udo zusammen? Bitte, denkt mit und helft der Polizei die Morde aufzuklären. Ein Mörder läuft frei herum."

„Aber wir haben ja schon alles der Polizei berichtet. Was sollen wir denn noch sagen?", fragte Katharina.

„Erik hatte etwas beobachtet und nun ist er tot." Die Gruppe war schlagartig still. Was mochte diese Bemerkung bedeuten?

„Was ist das denn wieder für eine Andeutung?", Olaf war ganz aufgebracht.

„Vielleicht war Erik dem Mörder gefährlich nahe gekommen", sprach Gerald weiter.

Katharina erschrak: „Aber er hat ja nur uns gegenüber diese Andeutung gemacht. Nur wir waren da. Das würde ja bedeuten, dass du annimmst, jemand aus der Runde habe die Morde begangen?"

„Das ist ja lächerlich", grunzte Olaf. „Gerald, bei aller Freundschaft. Aber jetzt gehst du zu weit."

„Ich weiß nicht, was ich sagen soll, Gerald." Katharina verstummte.

Auch Armin saß nur ganz still da. Er sagte nichts darauf. Manuela fing an zu weinen. Frederick fuhr ihr sofort schroff über den Mund.

„Bitte seid vorsichtig. Achtet auf euch. Und wenn jemand etwas übersehen hat oder sich an etwas erinnert, dann bitte, sagt es der Polizei. Um mehr bitte ich euch nicht."

Die Stimmung war auf dem Nullpunkt angelangt. Keiner mochte sich mehr äußern. Jeder dachte über die Tragweite von Geralds Behauptung nach. Ab und zu blickten sie sich verschämt von der Seite an.

„Ich danke euch, dass ihr gekommen seid", beendete Gerald die Gesprächsrunde.

Langsam standen Olaf, Manuela und Frederick auf. Auch Armin erhob sich. Gemeinsam gingen sie hinaus. Katharina blickte Gerald in die Augen: „Ich hoffe, dass du nicht Recht behältst."

„Pass auf dich auf, Katharina."

Auch sie ging. Bei Gerald blieben nur noch Martin, Veronika und Leni zurück. Martin bedankte sich bei ihm für das aufschlussreiche Gespräch. Er wolle nun nach Hause gehen und darüber nachdenken. Gerald sollte unbedingt vorsichtig sein und Acht geben. Martin erwartete offenbar eine Reaktion. Leni war sehr zurückhaltend geblieben. Sie hörte sich alles stumm an. Die beiden Paare verließen die Muschel und jeder ging zu sich nach Hause.

Gerald erhob sein Glas: „Lass uns feiern! Heute auf den Tag genau sind es sechs Monate. Vor sechs Monaten haben wir uns das erst Mal getroffen."

Leni war sichtlich überrascht von Gerald. Dieser hatte ein Menü gekocht und den Tisch feierlich gedeckt. Sie hatte nicht daran gedacht.

Beide prosteten sich zu. Gerald beugte sich über den Tisch und küsste Leni. Für ihn war es ein ganz neues und überwältigendes Gefühl, eine feste Partnerin zu haben. Er war sehr glücklich über die Beziehung mit ihr.

„Stell dir vor, ich hätte aufgegeben nach den ersten Chats bei `Elsa´ und mich wie üblich zurückgezogen. Dann hätte ich dich nie angeschrieben und wir beide wären uns nie begegnet."

„Ja, das war ein Glück. Ich selbst habe niemanden dort angeschrieben. Ich dachte immer, die Männer wollen selbst die Initiative ergreifen. Sie wollen jagen und ich wollte mich eher finden lassen. Ich könnte nie zuerst auf einen Mann zugehen."

Gerald lachte. Dann passte es ja. „Und bist du glücklich mit uns, so wie es läuft?"

Zögerlich antwortet sie: „Ja, das bin ich. Du bist sehr sensibel und nimmst mich so wie ich bin. Dafür danke ich dir."

„Das ist ein schönes Kompliment", befand Gerald. „Ich bin auch glücklich mit dir", fügte er leise hinzu. Er streichelte vorsichtig ihre Hand.

Beide aßen genüsslich das italienische Risotto mit Lachs und Scampi. Dazu gab es einen frischen Brokolisalat. Das Gespräch wurde ernster, als sie über die letzten drei Wochen sprachen. Die Morde überschatteten alles. Gerald musste immerzu daran denken. Auch Leni war bedrückt. Sie hörte immer zu, wenn Gerald sein Herz ausschüttete und ihr berichtete, wie weit der Stand der Ermittlungen war. Leni war immer diejenige, die Gerald zurückhalten wollte. Er solle sich zurückziehen und es der Polizei überlassen, den Mörder zu stellen. Es sei viel zu gefährlich, weiter auf die Suche zu gehen, nach dem, was alles geschah. Doch Gerald konnte nicht locker lassen. Er musste weitere Ermittlungen anstellen. Ihm kam es nicht in den Sinn, selbst ein Opfer zu werden. Jedoch wusste Gerald nicht, wie es weiter gehen sollte.

Er hatte ja mit allen gesprochen und bisher nichts Stichhaltiges herausgefunden. Er musste mit Martin gemeinsam die nächsten Schritte überdenken. Leni sah ihn mitleidig an.

Nach dem Essen schlug Gerald vor, gemeinsam in die Badewanne zu gehen. Er hoffte, dass Leni sein Angebot annehmen würde. Langsam näherte er sich ihr. Er ergriff ihre Hände und küsste sie. Dann strich er ihr über die Schultern. Sie schloss die Augen und legte den Kopf in den Nacken. Sanft küsste er ihren Hals. Leni trug eine hellgrüne Bluse, die er vorsichtig aufknöpfte. Langsam glitt der Stoff an ihrem Körper entlang auf den Boden. Er streichelte ihre Brust und liebkoste sie. Leni rührte sich nicht. Ihre Augen waren immer noch verschlossen. Nachdem er sich selbst ausgezogen hatte, kniete er vor ihr und umarmte ihren schlanken, schönen Körper. Er küsste gerade ihren Bauch als er bemerkte, wie dieser zu zittern begann. Es war nur ein leichtes Beben. Langsam richtete er sich auf und sah ihr ins Gesicht. Aus ihren geschlossenen Augen liefen Tränen die Wangen hinunter. Er blieb wie erstarrt stehen. Ein dumpfes Gefühl der Ohnmacht machte sich in ihm breit. Er wusste nicht, was er tun solle. „Es tut mir leid", flüsterte er. Dann ließ er ab von ihr und zog sich wieder an. Sie stand halb nackt vor ihm und bedeckte mit ihren Armen ihre Brüste.

„Ich gehe ein paar Minuten raus, spazieren. Ist das in Ordnung für dich?" Leni nickte. Daraufhin verließ Gerald die Wohnung. Keine zwanzig Minuten später klingelte es bei Martin. Er fragte sich erstaunt, wer das denn um diese Zeit sein sollte und öffnete die Tür. Gerald entschuldigte sich für die späte Störung und bat herein kommen zu dürfen. Martin führte ihn ins Wohnzimmer, in dem auch Veronika auf der Couch saß.

„Was ist denn geschehen?", wollte Martin wissen.

„Ach, wie soll ich das erklären", begann Gerald. Er erzählte von dem schönen Abend, den er für sich und Leni geplant hatte. Er hatte sich erhofft, dass Leni heute die Nähe zulassen würde, die er so sehr vermisste. Doch Leni konnte es nicht. Sie versteinerte, zitterte und weinte. Er wusste keinen Rat mehr. Er begehrte sie doch. Wie könnte er ihr helfen? Was war mit Leni geschehen, dass sie so reagierte, immer dann, wenn er sich ihr näherte? „Ich würde ihr so gerne helfen."

„Hast du sie einmal gefragt, warum sie keine Zärtlichkeiten zulassen kann?", fragte Veronika.

„Nein, das traue ich mich nicht." Dann begann er langsam zu erzählen: „Ich habe mit ihrer Mutter gesprochen, als wir sie einmal besuchten. Als wir einen Moment alleine waren, fragte ich sie, wie Leni als Kind gewesen war. Das interessierte mich sehr. Sie gab mir aber nur ausweichende Antworten. Schließlich erzählte sie, dass Leni eine schwierige Jugend hatte. Sie musste nach der sechsten Klasse die Schule wechseln. Das war ein traumatisches Erlebnis für sie. Sie verließ das Gymnasium und kam in die Hauptschule. Ich glaube, sie war damals auch in psychologischer Behandlung."

„Weißt du warum sie die Schule gewechselt hat?", fragte Martin.

„Nein, das hat sie mir nicht gesagt. Über die Gründe hat sich ihre Mutter ausgeschwiegen."

„Hast du Leni danach gefragt?"

„Ja, habe ich. Ich erzählte von meiner Schullaufbahn und meinen Erlebnissen während der Schulzeit und hoffte, dass sie mir dann ihre erzählte. Aber das tat sie nicht. Sie verstummte und starrte an die Wand. Ich weiß es noch ganz genau, wie mich ihr Gesichtsausdruck erschreckte. Es scheint so, als blende sie die Zeit damals komplett aus."

„Vielleicht hat ja diese Zeit etwas damit zu tun", sagte Veronika. „Vielleicht hat sie deswegen ein gestörtes Verhältnis zu ihrer Sexualität. Teenager haben während ihrer Pubertät oft eine veränderte Selbstwahrnehmung."

„Das mag sein", schloss Gerald. Die drei verstummten. Dann bedankte sich Gerald für die Aufmerksamkeit und beschloss wieder nach Hause zu gehen. Er würde Leni alle Zeit der Welt geben. Er liebte sie und würde schon damit klar kommen.

Am nächsten Morgen war die Stimmung zu Hause noch angespannt. Leni konnte Gerald nicht in die Augen schauen. Sie schämte sich. Er wusste nicht recht, wie er mit der Situation umgehen sollte. Vorsichtig trat er an sie heran und sagte leise:

„Ich liebe Dich. Ich möchte mit dir zusammen sein. Willst du mit mir darüber reden, was dich bedrückt?"

Leni schüttelte stumm, mit gesenktem Blick den Kopf. Nach einer Pause flüsterte Gerald: „Vielleicht sollten wir uns Hilfe holen? Jemand, der sich auskennt?"

Leni schluckte. Ihr war es bewusst, dass es so nicht lange weiter gehen konnte. „Ja", antwortete sie mit erstickter Stimme.

„Gut", er nahm ihre Hand. „Ich werde mich umhören und jemanden geeignetes finden. Ich verspreche dir, wir werden einen Weg finden."

Sie blickte ihn mit großen Augen an und nickte zaghaft. Dann ging sie ins Badezimmer, um sich für den Tag fertig zu machen.

Als Gerald eine halbe Stunde später das Haus verlassen und zu seiner Arbeit gehen wollte, fiel ihm an der Eingangstür eine Frau auf, die die Klingelschilder las. Neugierig fragte er sie: „Zu wem wollen Sie denn? Vielleicht kann ich Ihnen behilflich sein?"

Die Frau schien nervös zu sein. Mit leiser Stimme sagte sie: „Ich möchte gerne zu einem Herrn Spliesel."

Gerald blickte sie ungläubig an. Er wusste nicht, wer sie war. „Das bin ich. Wie kann ich ihnen behilflich sein?"

Die Frau blickte sich unsicher um. Sie versicherte sich, dass sie niemand beobachtete.

„Ich möchte mich mit Ihnen unterhalten."

„Gerne." Er bat sie ins Treppenhaus und schloss die Eingangstür. „Um was geht es?"

Die Frau schluckte kurz, bevor sie flüsternd antwortete: „Wir haben eine gemeinsame Freundin."

Gerald überlegte. Er wusste nicht, von wem sie sprach. Auch hatte er ihr Gesicht zuvor noch nie gesehen.

„Kimberly. Sie spielen mit ihr zusammen in der Muschel."

„Ah, ja", bestätigte Gerald. „Und was ist mit ihr?"

„Sie war mit mir verabredet. Vor einigen Tagen. Wir wollten zusammen etwas essen gehen. Aber dann sagte sie unser Treffen ab, weil es ihr nicht gut ginge."

„Ich verstehe. Aber wieso kommen Sie zu mir und erzählen mir das?"

„Sie rief mich am Tag darauf entgeistert an. Verzweifelt bat sie mich darum, wenn mich jemand nach ihr fragte, dann solle ich erzählen, dass wir den Abend miteinander verbracht hätten."

„Wann war das?"

„Letzte Woche. An dem besagten Abend brannte das Haus eines Freundes aus der Muschel ab. Der Mann starb."

Gerald wurde bleich.

„Ich habe es in der Zeitung gelesen und ich habe sie zur Rede gestellt. Sie versicherte mir, dass sie nichts mit dem Brand zu tun hätte. Ich sollte für sie lügen, weil sie sich mit einem Mann treffen wollte, einem Flirt, und niemand sollte davon erfahren. Der Mann war verheiratet. So hat sie mir das erklärt."

Gerald starrte an ihr vorbei. Dann fragte er nochmals: „Und wieso erzählen Sie mir das?"

„Weil ich aus Kimberlys Erzählungen weiß, dass Sie sich mit den Toten beschäftigen. Kimberly sagte, sie stellen Ermittlungen an. Hören Sie, ich will meine Freundin nicht verraten. Aber ich habe unheimlich Angst. Ich will mich nicht mitschuldig machen an einem Mord, nur weil ich etwas verheimliche."

„Waren sie schon bei der Polizei?"

„Nein, um Gottes Willen. Ich habe es Ihnen gesagt und Sie werden die richtigen Schlüsse daraus ziehen." Sie bat ihn eindringlich: „Bitte verraten Sie mich nicht bei Kimberly. Ich bin jetzt schon ganz verzweifelt und innerlich zerrissen."

Gerald versicherte ihr, dass diese Information sehr wichtig sei und dankte ihr, dass sie sich ihm anvertraut hatte. Unsicher verließ sie Ihn.

10

Als Gerald am Samstagvormittag mit vollen Einkaufstaschen vom Markt nach Hause kam, saß Frederick aufgebracht vor seiner Wohnungstür. Gerald blickte ihn erstaunt an. Auf die Frage, was denn geschehen sei, antwortete Frederick zunächst nicht, sondern bat erst einmal hereinkommen zu dürfen.

Gerald stellte seine Taschen in der Küche ab und bot Frederick einen Kaffee an. Als sie beide am Esszimmertisch zur Ruhe kamen, schaute er ihn erwartungsvoll an. Frederick sagte mit erstickter Stimme: „Sie ist weg."

„Wer ist weg?"

„Manuela. Als ich gestern Abend von der Arbeit nach Hause kam, war sie nicht da. Da dachte ich zunächst an nichts Schlimmes. Ich dachte: Vielleicht ist sie spazieren gegangen, wer weiß? Aber dann ist sie nicht nach Hause gekommen. Ich wartete die halbe Nacht auf sie. Irgendwann bin ich dann eingeschlafen. Als ich heute Morgen aufwachte, war ihr Bett unberührt."

Gerald zuckte zusammen. Er mochte sich nicht ausmalen, was ihm spontan in den Sinn gekommen war. „Vielleicht ist sie bei einer Freundin und es wurde spät, sodass sie dort übernachtet hat?"

„Nein, sie hätte angerufen oder eine Nachricht geschrieben. Ich mache mir große Sorgen."

Gerald konnte sehr gut nachempfinden, was Frederick in diesem Moment durchmachte.

„Weißt du, seit dem letzten Treffen, als du uns gebeten hast, noch einmal in uns zu gehen, da war sie sehr verändert. Sie sprach nicht mit mir. Sie distanzierte sich förmlich von mir. Ich weiß nicht, was in sie gefahren war. Dann sagtest du uns, dass wir aufpassen sollten, weil die beiden Morde geschehen waren und jetzt? Jetzt ist sie verschwunden. Ich habe solche Angst!"

„Du glaubst….?"

Frederick nickte. Seine Augen röteten sich. Er war nicht mehr im Stande weiter zu sprechen. „Ich könnte es mir nie verzeihen, wenn ihr etwas zustoßen würde!"

Gerald bat ihn, einen kühlen Kopf zu bewahren und nicht gleich vom Schlimmsten auszugehen. Vielleicht war Manuela wirklich bei einer Freundin und jetzt bereits wieder zu Hause. Er riet ihm, nach Hause zu gehen und zu warten. Und wenn sie bis zum nächsten Tag nicht auftauchen würde, dann solle er die Polizei verständigen und sie als vermisst melden.

Frederick schluckte. Er befolgte Geralds Rat und ging so schnell er konnte wieder nach Hause.

Gerald überkam ein beklommenes Gefühl. Sofort informierte er Martin am Telefon von dem neuen Ereignis. Dieser wurde still am andern Ende der Leitung. Schließlich sagte er. „Der Stein kommt ins Rollen." Er bat Gerald erst einmal nichts weiter in dieser Richtung zu unternehmen. Zu gegebener Zeit würden sie weitere Schritte einleiten. Zweifelnd legte Gerald den Hörer auf.

Martin saß alleine in seinem Wohnzimmer. Er starrt lange an die Decke und dachte über das eben geführte Telefonat nach. Dann blätterte er in seinem Notizblock, nahm den Hörer und wählte eine Nummer. Nachdem er wenige Minuten später das Telefonat beendet hatte, machte er einen zufriedenen Eindruck.

Am nächsten Morgen saßen Martin und Veronika wie üblich am Frühstückstisch. Martin las die Zeitung und Veronika ein Journal. Sie erschrak, als es unerwartet an der Tür klingelte. Martin öffnete sie und Gerald stand an der Tür. Er war ganz außer Atem und schien offenbar gerannt zu sein. Martin bat ihn herein. Gerald legte ein Stück Papier auf den Tisch, auf dem ein paar Worte mit Computerschrift gedruckt waren. Martin las:

> *„Hör auf herumzuschnüffeln! Sonst endest du wie Erik!"*

Martin wiederholte das Gelesene nochmals und schaute Gerald fragend an.

„Dieses Blatt Papier war heute Morgen bei mir im Briefkasten."

Martin legte den Finger auf den Mund. „Dann ist es also bewiesen. Der Mörder war bei unserem letzten Treffen anwesend. Und er bekennt sich, auch Erik umgebracht zu haben."

Gerald, der bisher immer kühl geblieben war, bekam es plötzlich mit der Angst zu tun. Er war in die Schusslinie des Mörders geraten und zog es nun vor, sich aus den Ermittlungen zurückzuziehen. Martin befand, dass es wichtig sei, Gerald zu schützen. Er durfte keinem Risiko ausgesetzt werden. Gerald sollte in Zukunft nicht weiter agieren. Martin würde es für ihn übernehmen. Außerdem dürfe er mit niemandem aus der Gruppe über die Geschehnisse reden. Gerald willigte dankend ein.

„Und bist du sicher, dass du alleine weitermachen willst?", fragte Gerald. „Hast du keine Angst?"

„Doch, natürlich. Aber wir müssen herausfinden, was geschehen ist. Das sind wir Udo und Erik schuldig. Ich werde sehr vorsichtig sein. Mach dir keine Sorgen um mich."

Gerald drückte Martin fest die Hand und strich ihm über den Arm. Er hoffte, dass Martin Recht behielt. Er verabschiedete sich. Martin und Veronika blieben mit gemischten Gefühlen zurück. Veronika nahm Martin für einen Moment in den Arm. Sie wusste, dass dieser niemals aufgeben, sondern weiter auf die Suche nach dem Mörder gehen würde. Martin löste die Umarmung, setzte sich an den Tisch und begann langsam: „Der

Mörder hat Gerald eine Warnung geschickt. Aber warum?

„Wieso warum?", fragte Veronika erstaunt. „Der Mörder befürchtet, dass Gerald seine Identität herausbekommen könnte und davor will er ihn warnen. Er will, dass Gerald aufhört. Sonst müsste er ihn auch noch umbringen."

„Trotzdem frage ich dich: Warum? Warum schreibt er eine Mitteilung?"

Veronika verstand nicht, auf was Martin hinaus wollte. Sie konnte sich keinen Reim darauf machen. Er verstummte und hing seinen Gedanken nach. Schließlich brach er sein Schweigen und setzte neu an: „Ich denke, um den Mord zu begreifen, ist es wichtig, dass wir wieder einen Schritt zurückgehen. Machen wir uns über die Persönlichkeit von Udo Gedanken. Wer und vor allem wie war Udo wirklich? Ich denke, das wird uns einen Schritt weiter führen."

Veronika verstand die inneren Beweggründe von Martin nicht. Sie dachte trotzdem nach und versuchte sich an Details zu erinnern, die Gerald ihnen von Udo erzählt hatte: „Udo war ein hilfsbereiter, fröhlicher und zuverlässiger Mensch. So hat ihn uns Gerald geschildert. Er war allseits beliebt in der Muschel."

„Ja, du hast Recht. Er wurde von allen bewundert."

„Er hatte zwei Kinder, eine Frau, eine Bilderbuch-Karriere und ein teures Haus in einer vornehmen Gegend. Katharina erwähnte noch eine Eigentumswohnung."

„Also alles in allem ein positiver und erfolgreicher Mann", schloss Martin.

„Richtig."

Martin stand auf und lief im Zimmer umher. „Aber da gab es noch eine andere Meinung über Udo. Einer erzählte etwas ganz anderes. Als Gerald von Erik erzählte und dessen Sicht auf Udo, ergab sich ein komplett anderes Bild."

„Ja, du hast Recht. Erik konnte Udo nicht leiden."

„Noch mehr als das. Er beschrieb ihn als äußerst egoistisch. Als Mensch, der nur nach seinem Vorteil handelt. Der sich alles nimmt, was er will und kriegen kann. Ohne dabei auf andere zu achten. Er beschrieb seine Persönlichkeit als `große luftleere Blase gefüllt mit nichts´".

Veronika schaute Martin ungläubig an. „Meinst du nicht auch, dass es nur persönliche Befindlichkeiten und gekränkte Eitelkeit war, weil Erik nie große Rollen zu spielen bekam?"

„Möglich. Vielleicht hast du Recht. Vielleicht aber ist es aber auch nicht gelogen und Udo hatte zumindest ein paar Charaktereigenschaften, wie sie Erik beschrieb. Es ist möglich, dass er die meisten Menschen in seiner Umgebung mit seinem Charme und seiner oberflächlichen Freundlichkeit blenden konnte. Vielleicht gab es eine Seite von Udo, die nur wenige Menschen kannten?" Seine Augen flackerten. „Das ist eine interessante Theorie, wie ich finde und es wirft ein neues Licht auf die Ereignisse, findest du nicht auch?"

Veronika war ganz verwirrt. Sie konnte Martins Gedankengänge nicht nachvollziehen. Das Telefon klingelte und Martin nahm den Hörer ab. „Gerald? Mit dir habe ich nicht gerechnet. Was ist geschehen?"

Martin hörte angespannt dem zu, was Gerald ihm am Telefon berichtete. Dann sagte er: „Gut, ich danke dir für diese Information. Halte dich bitte bedeckt und sprich mit niemandem darüber. Ich danke dir."

Veronika sah Martin fragend an. Dieser sprach: „Olaf wurde verhaftet. Seine Frau rief eben ganz aufgelöst bei Gerald zu Hause an und berichtete es ihm. Sie wusste nicht, an wen sie sich sonst wenden sollte. Da sich Gerald ja mit den Morden auseinander gesetzt hatte, sprach sie mit ihm. Olaf wurde verhaftet und steht unter dringendem Tatverdacht, den Mord an Udo begangen zu haben."

„Olaf?", fragte Veronika ungläubig? „Wie kommt die Polizei auf ihn?"

„Es gibt mehrere Möglichkeiten. Ich nehme an, die Polizei denkt, es geht um viel Geld. Es sind 60 000 Euro verschwunden. Und Olaf hatte am Mordabend mit Udo gestritten. Es ist gut möglich, dass er Udo wegen dem Geld im Affekt niedergestochen hat."

„Und der Mord an Erik?"

„Olaf war an dem bestimmten Tag, als Erik seine Andeutung aussprach, anwesend. Er könnte auch Erik niedergestochen haben. Laut Aussage machte er am Tag, als Erik starb seine Steuererklärung."

Veronika schluckte. Martin starrte nachdenklich aus dem Fenster. „Ich denke, ich muss ein paar Schritte gehen und nachdenken. Wir müssen unbedingt etwas unternehmen, bevor noch ein weiteres Unglück geschieht. Sanft küsste er sie und verließ die Wohnung.

11

Martin lief mit gesenktem Blick in Richtung Schlossgarten. Immer, wenn er über etwas nachdenken wollte, kam er hier her. Hier konnte er seine Gedanken ordnen, ohne dass er von jemandem gestört wurde. Er setzte sich auf eine Bank auf einem der Nebenwege und beobachtete zwei Spatzen, wie sie vor ihm auf dem Boden saßen und etwas zu fressen suchten. Er lächelte und dachte, wie unbeschwert so ein Vogelleben sein musste. Dann flogen die Spatzen weg und sein Blick folgte ihnen und schweifte über die Baumkronen in den blauen Himmel. Er saß einen Moment bewegungslos auf der Bank, bevor er wieder zu sich kam. Unweigerlich kam ihm Udo in den Sinn, wie er ausdrucksstark in „Endstation Sehnsucht" spielte. Voller Leben war er gewesen, stark und berührend mit seiner markanten und unverwechselbaren Stimme. Udo, wer hatte Udo nur umgebracht? Es musste etwas an dem Abend geschehen sein. Etwas derart Schlimmes, was dann die grausame Tat zur Folge hatte. Martin sah die Gruppe vor seinem geistigen Auge. An dem Abend machte niemand auf ihn den Eindruck, so stark verzweifelt zu sein. Er überlegte, wer ein Motiv für den Mord an Udo gehabt haben könnte. Sofort kamen ihm die Worte Geralds in den Sinn. Gerald, der so gewissenhaft und detailliert von allen Gesprächen berichtet hatte. Laut seiner Aussagen hatte Udo eine Geliebte. Dieser Umstand offenbarte gleich mehrere Möglichkeiten: Es könnte die eifersüchtige Ehefrau ein Motiv für den Mord gehabt haben oder der eifersüchtige Ehemann der Geliebten. Vielleicht hatte Udo an der Premierenfeier auch das Verhältnis zu seiner Geliebten beendet? Das würde bedeuten, dass auch sie ein Motiv gehabt haben könnte. Drei Möglichkeiten. Welche davon könnte die richtige sein? Es musste alles zusammen passen, das war klar, denn sonst würde etwas nicht stimmen. Martin ging in Gedanken die Gruppe durch. Er dachte unweigerlich an etwas, was Olaf berichtet hatte. Ja, dachte er, wenn seine Beobachtungen stimmten, dann könnte es so gewesen sein. Dann könnte sie die Geliebte gewesen sein und er der Ehemann. Martin starrte vor sich hin. Es fügte sich ein klares Bild vor seinem geistigen Auge zusammen. Zufrieden stand er auf und ging ein paar Schritte, bevor er sich wieder auf der nächsten Bank niederließ.

Die Polizei hatte Olaf verhaftet. Welche Beweggründe hatten sie, gerade ihn zu verdächtigen? Es musste sich um das Geld handeln. Katharina hatte ja erzählt, dass Udos Finanzen überprüft wurden. Sollte Udo mit Olaf illegale Geschäfte gemacht haben? Kam es an dem besagten Abend zum Streit und erstach Olaf Udo im Affekt? Martin legte den Kopf auf die Seite. Es muss alles zusammen passen, ermahnte er sich. Also, wie passen die Tatsachen zusammen?

Dann gab es den unbekannten Bruder, zu dessen Gunsten Udo ein Testament aufsetzen wollte. Gab es diesen Bruder wirklich? Oder gab er es nur vor? Wer war dieser Unbekannte? Hatte er Udo umgebracht in dem Glauben, viel Geld zu erben? Martin dachte angestrengt nach. Er kniff die Augen zusammen.

Ganz aus den Augen hatte er Kimberly gelassen. Welche Rolle spielte sie in der Sache? Wieso hatte sie gelogen? Welchen Grund konnte sie gehabt haben, Udo umzubringen? Kimberly, die ausdrucksstarke Schauspielerin, die bisher niemand im Verdacht hatte. Sollte sie an der Premierenfeier zurückgekommen sein? Es wäre vielleicht nicht aufgefallen, wenn sie mit Udo in der Garage verschwunden wäre. Martin legte den Finger auf die Lippen.

Dann war da diese schriftliche Drohung. Der Mörder hatte Gerald angedroht, ihn umzubringen. Immer wieder fragte sich Martin, wieso es diese Androhung gab? Das passte so gar nicht zusammen. Er konnte sich keinen Reim darauf machen. Diese Frage war für Martin von besonderer Bedeutung. Vielleicht war sie sogar der Schlüssel zu dem, was er verzweifelt suchte.

Dann sah er immer wieder Udo vor sich. Udo, über dessen Persönlichkeit es zwei Aussagen gab. Eine davon musste stimmen. Irgendwie glaubte er, dass es für den Mord wichtig wäre, zu begreifen, wer Udo wirklich war. Martins Augen weiteten sich. Da war doch noch etwas. Gerald hatte etwas erzählt, was ihm nun plötzlich wichtig erschien. Konnte das sein? Gab es da einen Zusammenhang? Sofort kam ihm Udo in den Sinn, wie er auf der Bühne agierte. Seine Stimme klang ihm in den Ohren. Martin erstarrte. Ich muss es herausfinden, dachte er. „Ich muss meinen Freund bei der Karlsruher Polizei um einen Gefallen bitten."

Martin stand auf und verließ schnellen Schrittes den Schlossgarten. Dabei wählte er Geralds Nummer. „Gerald? Hör zu, ich habe noch eine wichtige Frage. Sag mal, wo und wann hat Udo seine Ausbildung zum Bankkaufmann gemacht?"

„Soweit ich weiß in der Stadt der Banken, in Frankfurt", hörte man Geralds Stimme. „Udo war Mitte vierzig. Seine Ausbildung müsste jetzt schon über zwanzig Jahre her sein. Wieso fragst du das?"

„Das erzähle ich dir später. Hab vielen Dank, mein Lieber." Martin beendete das Gespräch.

Eiligen Schrittes kam er zu Hause an. Veronika empfing ihn und fragte sogleich: „Hast du etwas herausgefunden?"

„Ich bin mir noch nicht sicher. Es gibt so viele Möglichkeiten und eine davon muss stimmen. Ich bin mir nur noch nicht sicher, welche."

„Du meinst, es fehlt dir das letzte Puzzlestück, um ganz sicher zu sein?"

„Ja, genau. Das habe ich noch nicht gefunden. Ich werde meinen alten Bekannten bei der Karlsruher Kriminalpolizei, Herrn Frank, um einen Gefallen bitten. Ich erhoffe mir viel davon. Vielleicht werde ich es dann wissen."

Schnell suchte er in seinem Telefonbuch eine Nummer. Zufrieden legte er nach einigen Minuten den Hörer auf, zog seine Jacke über und küsste Veronika auf die Wange. „Ich werde am Abend wieder zurück sein. Ich liebe dich."

Martin stieg in seinen Corsa und fuhr auf der Autobahn in Richtung Karlsruhe. Im Polizeipräsidium wurde er herzlich von Kommissar Frank begrüßt. Beide hatten sich kennen gelernt, als Martin vor einigen Jahren erfolgreich mitgeholfen hatte, einen Mordfall aufzuklären.

„Ich benötige eine Information", begann Martin. „Ich suche einen bestimmten Eintrag aus dem Archiv. Es ist sehr wichtig, dass ich diese Information bekomme."

Kommissar Frank willigte ein, gemeinsam mit ihm diesen Eintrag zu suchen.

Am Abend saß Martin wieder in seinem Auto. Gedankenversunken fuhr er mit 90 km/h auf der Autobahn zurück nach Bruchsal. Immer wieder nickte er mit dem Kopf. Ja, so muss es gewesen sein, sagte er sich. Das ist die einzig plausible Erklärung.

12

Es war ein warmer Frühlingsabend, als Martin zusammen mit Veronika, Gerald und Leni das Theater betrat. Die Luft im Theaterraum roch muffig. Gerald öffnete sogleich alle Türen und Fenster, um frische Luft hinein zu lassen. Martin stand auf der Bühne, auf der damals „Endstation Sehnsucht" aufgeführt wurde. Jetzt sah die leere Bühne unschuldig aus, als ob sich nie eine Tragödie auf ihr abgespielt hätte. Er bat Gerald die Scheinwerfer anzustellen. Einen Moment später erfüllte helles Licht den Bühnenraum. Martin lächelte zufrieden. Dann nahm er nacheinander acht Stühle und stellte sie in einem Halbkreis auf die Bühne. Veronika und Leni beobachteten ihn und wagten nichts zu sagen. Sie wollten ihn in seiner Konzentration nicht stören. Es war so, als bereitete sich ein Regisseur auf die erste Leseprobe vor. Dann setzte sich Martin in die erste Reihe und wartete mit geschlossenen Augen. Gerald, Leni und Veronika setzten sich daneben. Stille herrschte.

„Wie spät ist es?", fragte Martin ruhig.

„Kurz vor halb acht", antwortete Gerald.

„Dann müssen sie gleich kommen. Ist die Eingangstür geöffnet?"

„Ja, sie ist offen."

Wieder herrschte Stille.

Dann hörten sie Schritte. Frederick war der erste, der aus dem Foyer in den Theaterraum trat. Langsam näherte er sich der Szenerie.

„Bin ich richtig?"

„Ja, das bist du", sagte Gerald. „Ist Manuela noch nicht bei dir aufgetaucht?"

„Nein", flüsterte Frederick.

„Das tut mir sehr leid."

„Hallo Frederick", hörte man nun Martin sprechen. „Schön, dass du gekommen bist. Ich habe uns Stühle aufgestellt. Bitte, du kannst dir einen aussuchen." Er wies auf die Stühle, die auf der Bühne standen.

Langsam nahm Frederick auf dem ersten Stuhl links Platz. Er fühlte sich sichtbar unwohl. Als nächster betrat Armin den Raum.

„Hallo Armin", begrüßte ihn Gerald. „Bitte komm und setz dich. Wir fangen gleich an."

„Ja, aber womit denn? Wieso habt ihr mich hierher bestellt?"

„Ich bitte dich um etwas Geduld. Martin wird es uns berichten."

Ungläubig setzte sich Armin neben Frederick. Beide fingen an miteinander zu flüstern.

Als Kimberly die Bühne betrat, erstrahlte der Raum. Ihre Ausstrahlung war umwerfend. Martin lächelte ihr zu und wies auch ihr einen Platz auf der Bühne zu, den sie dankend annahm.

„Das erinnert mich an unsere erste Leseprobe", sagte Kimberly treffend. „Da saßen wir auch gemeinsam im Kreis und besprachen die Konzeption des Stückes. Ich bin gespannt, um was es heute Abend gehen wird." Sie lachte verlegen und blickte in die Runde.

Als letztes trat Katharina ein. Unsicher blickte sie sich um, bis sie Martin sah und ihm zunickte. Dieser nickte ebenso zurück und lächelte sie warm an. Sie setzte sich zu den anderen auf die Bühne. Danach bat Martin, auch Gerald, Veronika und Leni auf der Bühne Platz zu nehmen. Ein Stuhl blieb leer.

Martin setzte sich nicht, sondern stand der Gruppe im geöffneten Halbkreis gegenüber. Er begrüßte die Gruppe und blickte jedem freundlich in die Augen.

Unsicherheit und Unwohlsein konnte er in deren Gesichtern ablesen.

„Ich wünsche euch allen einen schönen Abend", begann Martin. „Ich werdet euch fragen, wieso ich euch alle heute Abend hierher gebeten habe und wieso wir nun schon zum zweiten Mal in dieser Runde zusammen sitzen. Beim ersten Mal, das war nach dem tragischen Tod von Erik, bat Gerald auf euch aufzupassen und noch einmal in euch zu gehen, ob ihr am Premierenabend, als Udo ermordet wurde, etwas gesehen oder gehört habt, was zur Aufklärung des Mordfalls beitragen könnte. Ihr erinnert euch? Nun, leider kam niemand auf Gerald zu. Niemand sah etwas und niemandem war etwas aufgefallen."

Er blickte auffordernd in die Runde. Langsam und sehr betont fuhr er fort: „Trotzdem ist es mir gelungen, herauszufinden, was an dem Abend tatsächlich geschah und ich werde euch erklären, wer der Mörder war."

Armin fragte ungläubig: „Du weißt wirklich, was an dem Abend geschah?"

„Ja, ich denke es zu wissen. Und ich werde es euch berichten." Er machte eine kurze Pause und lächelte die Gruppe an.

„An dem Abend waren zu später Stunde nur noch die anwesenden Spieler übrig geblieben. Alle anderen waren schon nach Hause gegangen."

„Ich aber nicht", warf Kimberly ein.

„Ja, ich weiß. Vielen Dank. Du warst bereits nach dem offiziellen Teil gegangen."

Kimberly lächelte gekonnt in die Runde.

Martin fuhr fort: „Wenn man ausschließen könnte, dass ein Außenstehender sich zur Garage Zutritt verschafft hätte, und davon wollen wir zunächst einmal ausgehen, dann müsste der Mörder einer von den Anwesenden hier gewesen sein. Diese Theorie wird untermauert durch die Tatsache, dass Erik kurze Zeit später ebenso ermordet wurde. Denn Erik deutete indirekt allen hier Beteiligten an, dass er wüsste, wer der Mörder sei. Als Folge wurde er mundtot gemacht. Es stellt sich also die alles entscheidende Frage: Wer war es? Wer schlich zu Udo in die Garage und wer erstach ihn mit dem Schraubenzieher?"

Er blickte nacheinander allen ins Gesicht. Bestürzung und Angst war das, was er sah.

„Nach dem Premierenabend bat ich Gerald darum, sich nacheinander mit allen zu unterhalten. Er sollte für mich herausbekommen, was sich am Abend abgespielt hatte.

Und er bewies sich als detaillierter Beobachter und Berichterstatter. Wer war am Abend wo? Das versuchte ich nun anhand seiner Beschreibungen zu rekonstruieren. Dabei stieß ich auf eine interessante Bemerkung: Olaf erzählte, dass er im Foyer 2 Manuela mit Udo reden sah. Er meinte wohl über das Gespräch: „Hätte ich es nicht besser gewusst, dann hätte ich etwas anderes gedacht." Denn er sah, wie sich die beiden um den Hals fielen. Ich nehme an, dass sie sich auch küssten."

Katharina senkte den Blick. Ihr war es sehr unangenehm, was Martin sagte.

„Sollte Olaf Recht gehabt haben mit seiner Annahme? Von Katharina selbst erfuhr Gerald zu einem späteren Zeitpunkt, dass Udo eine Geliebte hatte. Es lag für mich nun nahe, davon auszugehen, dass Manuela Udos Geliebte war."

Frederick schluckte und sackte in sich zusammen.

Martin sprach weiter: „Manuela war also die Geliebte von Udo. Lasst uns überlegen, was das für die anderen bedeutete? Wusste es ihr Ehemann Frederick? Wusste er, dass er betrogen wurde? Ich möchte diese Frage bejahen, denn ich bin sicher, dass er ebenso im Foyer 1 war und durch die geöffnete Tür gesehen hat, wie Manuela Udo küsste." Er wandte sich nun direkt an

Frederick, der mit geschlossenen Augen dasaß: „Ich nehme an, du hattest schon lange etwas geahnt und nun wurde dir schlagartig bewusst, dass deine geliebte Frau Manuela dich mit deinem Freund betrügt. Das muss ein harter Schlag für dich gewesen sein. Und das war auch der Grund, warum du plötzlich so schlecht gelaunt in der Ecke gesessen hast. Allen auf der Feier war dies aufgefallen. Du wurdest betrogen und nun wusstest du, wer es war. Vielleicht hast du dann einen Plan geschmiedet? Vielleicht bist du später gemeinsam mit Udo in die Garage gegangen und vielleicht kam es zum Streit zwischen euch?"

„Ich habe ihn nicht umgebracht!"

„Aber du hast ihn gesehen, wie er Manuela küsste?"

„Ja, das habe ich." Er begann zu weinen. „Ich stand in der Küche. Ich hörte Manuelas Stimme und habe durch einen Spalt gesehen, wie sie sich an ihn rangeschmissen hat. Sie sagte zu ihm, dass sie ihn liebe und ihm überall hin folgen werde, wohin immer er auch ginge. Ich wusste schon lange, dass es zwischen uns nicht mehr stimmte. Dann sah ich es und es gab mir einen Stich. Ich wusste, dass ich in einer Illusion lebte. Ich konnte Manuela nicht mehr in die Augen schauen." Dann zitterte seine Stimme: „Manuela! Wo ist sie nur? Ich wollte bestimmt nicht, dass ihr etwas zustößt!"

„Hm, und eines Tages war sie verschwunden. Und du glaubtest, ihr sei ebenso wie Erik etwas zugestoßen."

Frederick bestätigte Martins Annahme.

Nach einer Pause der Betroffenheit nickte Martin Katharina zu. Diese stand auf und verließ den Raum. Es herrschte eisige Stille. Niemand sagte etwas. Martin stand ruhig vor der Gruppe. Dann öffnete sich die Tür und Katharina kam mit Manuela im Arm wieder in den Theaterraum zurück.

„Hier ist sie", sagte Martin sanft.

Frederick fiel auf die Knie, als er sie sah. Er hob die geöffnete Hand in ihre Richtung. Sie ließ ihn stehen und setzte sich auf den leeren achten Stuhl.

„Schön, dass du da bist", sagte Martin.

„Wo warst du?", hörte man Frederick.

"Ich war bei Katharina", antwortete Manuela mit niedergeschlagenen Augen.

„Ich habe sie gebeten, so lange bei ihr zu bleiben, bis wir uns heute treffen. Vielen Dank an dich, Katharina." Martin zeigte in ihre Richtung.

„Aber warum bist du fortgelaufen?", fragte Frederick.

„Warum?", fragte Martin. „Überlege doch: Sie hatte furchtbare Angst. Angst vor dir, Frederick. Auch sie sah dich, wie du in der Tür gestanden hast. Und sie erkannte, dass du nun Bescheid wissen musstest. Was musste in ihrem Kopf vorgehen? Ihre heimliche Beziehung wurde entlarvt und kurze Zeit später wurde ihr Geliebter erstochen aufgefunden. Sie dachte natürlich, dass du es warst. Sie konnte nicht mehr bei dir bleiben. Ich dachte mir, dass sie Zuflucht bei einer Freundin suchen würde. Es lag nahe, dass sie die Nähe zu Katharina suchte, denn ihrer Meinung nach war sie an dem Unglück von Katharina mit schuld. Sie war sehr betroffen. Als ich bei Katharina anrief, zeigte sich, dass ich Recht hatte."

„Es tut mir so leid", sagte Manuela mit erstickter Stimme. „Ich wollte nicht, dass so etwas Schreckliches geschieht!"

„Bitte, gib dir nicht die Schuld an dem, was geschah. Das konnte niemand wissen", antwortete Katharina versöhnlich.

„Dann hat Frederick den armen Udo erstochen?", fragte nun Kimberly ungläubig. „Aus Eifersucht?"

Martin sah Kimberly undurchschaubar an. Dann sagte er: „Nein, es war nicht Frederick."

Frederick blickte auf. Auch Manuela sah ihn mit großen Augen an.

„Wir gehen davon aus, dass der Mörder von Udo auch der Mörder von Erik war. Frederick hat für den Mord an Erik ein Alibi. Er arbeitete bei sich in der Garage, währenddessen Manuela die Wäsche wusch und aufhängte. Wäre er bei Erik gewesen, dann hätte sie seine Abwesenheit sicher bemerkt."

„Wer war es dann?" Kimberly verstand nichts.

„Vielleicht war es auch die betrogene Ehefrau selbst?", sagte Martin trocken und blickte auf Katharina. „Sie könnte ihren Mann aus Eifersucht erstochen haben?"

„Ich?", fragte Katharina empört.

„Es ist nur ein Gedanke." Martin winkte jedoch ab. „Aber ich denke nicht, dass es so ist. Du bist meiner Meinung nach unschuldig."

Katharina atmete tief durch. Eine Pause entstand. Martin blickte in die Runde und ging dabei auf und ab. Er fasste einen neuen Gedanken: „Gerald erzählte mir, dass Katharina ihm anvertraute, es solle ein Testament aufgesetzt werden. Drei Tage, bevor Udo starb. Ich kann euch berichten, dass es einen Bruder gab, zu dessen Gunsten es verfasst werden sollte."

Katharina blickte entgeistert zu Gerald. Hatte er wirklich alle intimen Details Martin weitererzählt? Gerald wich ihrem Blick aus.

„Das Unglaubliche daran ist, das Katharina behauptet, dass es keinen Bruder gibt."

„Ich behaupte es nicht nur, ich weiß es auch! Udo hatte keinen Bruder." Katharina stand verärgert auf. „Gerald, was hast du ihm alles erzählt? Ich dachte, du bist mein Freund?"

„Es war sehr wichtig, dass ich es erfahre, Katharina. Nur so konnte ich die Wahrheit herausfinden." Martin ging einen Schritt auf sie zu.

Katharina setzte sich wieder auf ihren Stuhl.

„Gehen wir zunächst davon aus, dass es einen Bruder gab, den wir bis jetzt noch nicht kennen. Wenn es ein Testament zugunsten des Bruders gab, dann hätte dieser ein handfestes Motiv für den Mord. Er würde Udo umbringen und dann eine bestimmte Summe erben."

„Aber das Testament wurde nicht geschrieben. Der Notar war krank", warf Katharina ein.

„Richtig. Und nun stellt sich die Frage, wusste der Bruder es oder wusste er es nicht? Wenn er es wusste, dann ist er unschuldig, denn er würde damit warten, Udo umzubringen, bis es das Testament gab."

Martin setzte sich in die erste Stuhlreihe im Zuschauerraum.

„Aber wer ist der Bruder?"

Alle schauten sich gegenseitig an. Dann blieb Martins Blick bei Armin stehen. „Armin, wie lange lebst du schon in Bruchsal?"

„Etwa fünf Monate."

„Und wie bist du auf Bruchsal gekommen? Du kommst doch aus der Nähe von Erfurt, wenn ich mich nicht täusche?"

„Ich, ich wollte mich verändern. Ich fand in meinem Dorf keine Arbeit mehr."

„Und dann bist du hierher gezogen? In der Hoffnung eine Arbeit zu finden?"

„Ja, so war es."

Martin kam ganz dicht an ihn heran. „Lebt deine Mutter noch?"

„Nein, sie ist vor einem dreiviertel Jahr gestorben." Armin schluckte.

„Und hat sie dir auf dem Sterbebett ein Geheimnis anvertraut?"

Armin sagte nichts.

„War es so, Armin? Sagte sie dir, dass du noch einen Bruder hättest?"

Wieder sagte Armin nichts. Es schaute mit gesenktem Blick auf den Boden.

„Du kannst dich uns anvertrauen." Martin berührte ihn am Arm.

Armin blickte mit geröteten Augen Martin ins Gesicht. „Sie sagte, dass mein Vater nicht mein leiblicher Vater war. Dass sie 1972 einen Mann kennen gelernt hatte, der auf Besuch in die DDR eingereist war. Er war eine Urlaubsbekanntschaft. Sie sagte, dass dieser Mann mein eigentlicher Vater war, den sie mir bis zu diesem Zeitpunkt verheimlicht hatte. Ich versuchte ihn umgehend ausfindig zu machen. Da erfuhr ich, dass er bereits gestorben war, er aber einen Sohn hatte. Ich entschloss mich dann, meinen Halbbruder zu suchen."

„Und so kamst du nach Bruchsal?"

„So kam ich nach Bruchsal."

„Und hast du dich ihm gleich zu erkennen gegeben?"

„Nein. Ich wollte ihn erst einmal kennenlernen. Dazu meldete ich mich in der Muschel an und versuchte mit ihm Theater zu spielen. Das war eine gute Möglichkeit. Erst zwei Wochen vor der Premiere nahm ich ihn nach einer Probe beiseite und offenbarte mich."

„Und wie reagierte er?"

„Er war sehr erfreut und wollte alles über mich wissen. Als er erfuhr, wie ich momentan finanziell gestellt war, wollte er mich versorgt wissen. Er schlug vor ein Testament anzufertigen, indem ich eine gewisse Summe erhalten würde. Dann würde ich von der Altersarmut verschont bleiben und ich müsste mir über die Zukunft keine Sorgen mehr machen."

„Wieso hat er Katharina nichts von dir erzählt?"

„Er wollte es vorerst niemandem erzählen. Es sollte unser Geheimnis bleiben. Zu einem späteren Zeitpunkt wollte er mich offiziell in seinem Familienkreis einführen."

Martin nickte. „Hast du von dem Termin beim Notar gewusst?"

„Ja, das hab ich."

„Und hat er dir auch erzählt, dass dieser nicht stattgefunden hatte?"

Alle starrten auf Armin. Dieser stand unweigerlich auf. „Ja, das hat er. Ich habe es gewusst! Ich wusste, dass das Testament noch nicht geschrieben war! Wieso schaut ihr mich alle so an? Ich habe ihn nicht umgebracht!"

Martin beruhigte ihn. „Nein, das hast du nicht. Ich glaube dir. Du hattest die Möglichkeit dazu, aber du hast es nicht getan."

„Ich war vollkommen betrunken an dem Premierenabend. Ich entschied mich an die frische Luft zu gehen und lief eine große Runde um den Friedhof und um die Felder herum. Ausgenüchtert kam ich dann später zurück auf die Feier."

„Das erklärt deine Abwesenheit. Ich danke dir. Bitte nimm wieder Platz." Armin setzte sich wieder und legte sein Gesicht in seine Hände. Katharina stand auf und lief zu ihm hinüber. Zärtlich nahm sie ihn in ihren Arm.

Martin verschränkte die Arme. Er überlegte einen Moment, bevor er weiter fortfuhr: „Die Polizei hat Olaf verhaftet im dringenden Tatverdacht, Udo und Erik umgebracht zu haben."

Frederick stand umgehend auf: „Olaf? Aber wie kommen sie denn auf Olaf?"

Auch Katharina blickte ungläubig zu Martin: „Wie kann das nur sein?"

„Du erzähltest doch", Martin wandte sich an Katharina, „dass die Polizei eure finanziellen Verhältnisse genau überprüft hatte. Laut deiner Aussage stießen sie auf die fehlenden 60 000 Euro, die abgehoben wurden und verschwunden waren. Eine derart große Summe könnte ein gewichtiges Motiv für einen Mord sein. Ich teile aber deren Meinung nicht, dass Udo in kriminelle Geschäfte verwickelt war. Ich denke auch nicht, dass Udo und Olaf gemeinsam illegale Geschäfte abgewickelt haben. Aber ich denke, dass die 60 000 Euro tatsächlich abgehoben und an Olaf weitergegeben wurden."

„Olaf hat das Geld bekommen?", fragte Katharina.

„Ja. Olaf benötigte das Geld und Udo gab es ihm. Ich weiß auch für was Olaf das Geld brauchte."

Alle starrten Martin gebannt an.

„Olaf besitzt ein großes Haus. Und ein Haus muss gewartet und wenn nötig auch in Stand gesetzt werden. Gerald erzählte es mir. Es war ganz offensichtlich, wohin das Geld floss. Ein Marder hatte sich im Dachstuhl seines Hauses eingenistet. Und so korrekt und penibel Olaf war, du wirst mir Recht geben, Gerald, musste das Dach sofort repariert werden. Bei einem so großen Haus kostet diese Instandsetzung mindestens 50 000 Euro, die Olaf offenbar derzeit nicht zahlen konnte. Als guter Freund gab ihm Udo ein zinsloses Darlehen."

„Stimmt, Udo und Olaf waren eng miteinander befreundet. Vielleicht hat er ihm das Geld tatsächlich geliehen", sagte Katharina. „Aber wieso hat er es mit mir nicht abgesprochen?"

„Weil er sich alleine um die finanziellen Dinge kümmerte. Er wollte dich damit nicht belasten."

„Dann hat also Olaf Udo tatsächlich ermordet? Wegen des Geldes?", fragte Frederick ungläubig.

„Nein."

„Nein, was soll das heißen?"

„Olaf ist nicht der Mörder. An dem Premierenabend kam es zwar zum Streit zwischen Udo und Olaf. Und sie stritten keineswegs über das Stück oder über eine mögliche Kritik, wie Olaf erzählte, sondern über das Geld. Aber dennoch ging er nicht in die Garage, um Udo zu töten."

„Wie kannst du dir so sicher sein?", hakte Frederick nach. „Die Polizei denkt offenbar anders darüber."

„Ich denke Olaf würde nicht bei der Premierenfeier seinen eigenen Star umbringen."

„Du denkst? Wieso bist du dir so sicher?"

„Weil ich weiß, wer es war."

Frederick verstummte. Auch die anderen sagten nichts. Sie blickten sich gegenseitig an. Der Mörder musste unter ihnen sein. Dann, plötzlich, ruhten alle Blicke auf Kimberly. Kimberly war die einzig Verbliebene aus dem Ensemble. Ihre Augen weiteten sich. Sie fühlte sich in die Enge getrieben und stand unweigerlich auf: „Wieso schaut ihr mich alle an? Ihr sollt mich nicht anschauen!"

„Kimberly", sagte Martin ruhig. „Es kam mir erst sehr spät, weil sie ja am Premierenabend früh nach Hause ging und zur Mordzeit nicht mehr anwesend war. Es hätte so sein können, dass sie zu späterer Stunde wieder zurückkam. Vielleicht schlich sie mit Udo in die Garage und vielleicht hatte sie ihn erstochen."

Kimberly wurde bleich. Sie verlor schlagartig ihre souveräne Ausstrahlung. Sie schüttelte den Kopf.

„Ich weiß nicht, was das soll?"

Martin ging einen Schritt auf sie zu. Dann sagte er bewusst ruhig: „Du hast gelogen. Du sagtest bei unserem letzten Treffen, dass du dich mit einer Freundin getroffen hattest, zeitgleich, als Erik in seinem Haus verbrannte. Aber das ist nicht wahr."

„Oh", stieß Kimberly aus.

„Ich weiß, dass du dich nicht mit ihr getroffen hast. Aber wo warst du dann? Bei einem Liebhaber, so wie du es erklärtest? Ich denke, auch diese Geschichte ist gelogen."

Martin blickte in die Runde. Er erklärte allen: „Ich denke, dass Kimberly Erik einen Besuch abgestattet hatte. Und zwar an dem Abend, als er starb. Hat sie auch Erik ermordet? Weil er ihr auf die Schliche gekommen war?"

Kimberly schluckte. Sie schüttelte ihren Kopf. „Nein, bitte, ihr müsst mir glauben. Ich habe ihn nicht ermordet!"

„Aber du hattest die Möglichkeit dazu."

„Bitte nicht", hörte man ihre erstickte Stimme.

„Du warst dort. Ich bin mir ganz sicher. Du hättest beide ermorden können. Aber beruhige dich. Ich denke nicht, dass du eine Mörderin bist, denn ich konnte kein stichhaltiges Motiv finden. Du hattest keinen Grund, Udo oder auch Erik umzubringen. Ich denke, dass du neugierig geworden bist, als du damals Eriks Andeutungen gehört hattest. Du wolltest ihn danach befragen, um herauszufinden, was er wirklich dachte. Aber Erik hielt sich bedeckt und undurchsichtig und sagte dir keine klaren Details, so wie es seine Art war. Unbefriedigt gingst du wieder nach Hause. Als du später erfuhrst, dass Erik ermordet wurde, bekamst du Angst. Du brauchtest ein Alibi. Also fragtest du eine Freundin. War es so?"

Kimberly nickte langsam. „Ja, so war es."

Martin machte einen befriedigten Eindruck. Er setzte sich wieder in die erste Reihe.

„Erik machte sich einen Spaß daraus, mich im Unklaren zu lassen", erklärte Kimberly. „Er beschimpfte mich als

Schnüfflerin. Er war immer so sarkastisch zu mir. Ich mochte ihn nicht."

Dann setzte sie sich wieder auf ihren Stuhl. Er herrschte eine unangenehme Stille. Nun blieb niemand mehr übrig. Über alle Beteiligten hatte Martin geurteilt. Der Mörder war jedoch nicht entlarvt worden.

„Aber wer ist es nun?", fragte Katharina.

Martin sprach mit gedämpfter Stimme: „Es ist eine traurige Geschichte. Unfassbar und bewegend zugleich. Um das Verbrechen zu verstehen, muss man wissen, wer, beziehungsweise wie Udo in Wirklichkeit war. War Udo der Mensch, den er nach außen hin vorgab zu sein? Oder hatte Udo auch eine verborgene Seite an sich, die Erik so eindringlich Gerald gegenüber beschrieb? Er empfand Udo als egoistisch. Als Mensch, der sich alles das nahm, was er wollte, ohne Rücksicht auf andere. Ein Mensch ohne Gewissen."

Katharina hob ihren Blick. Martin sprach nun sie direkt an: „Katharina, hatte Udo eine Seite in sich, die er andern verbarg?"

Langsam antwortete sie: „Vielleicht. Ja, es gab eine Seite. Manchmal handelte er nur nach seinem Vorteil. Und das aus Berechnung: Er war es gewohnt, das zu bekommen, was er wollte. Dabei hatte er nie ein schlechtes Gewissen. Er setzte seinen Charme bewusst ein und versuchte so die Menschen um ihn herum zu seinen Gunsten zu manipulieren."

„Hat es dich nicht abgeschreckt?"

„Anfangs nicht. Ich war überwältigt von seiner Persönlichkeit und Stärke."

„Und in seiner Sexualität? War er da auch stark und dominant? Entschuldige bitte diese intime Frage."

Katharina blickte zu Manuela hinüber. Dann sah sie bittend in Martins Augen. Dieser schaute sie warm an. Sie schluckte und sagte leise und verschämt: „Er war grob. Wenn wir miteinander schliefen ging es nur darum, was er wollte. Nur er wollte befriedigt sein. Ich war Nebensache und nicht wichtig."

Manuela schaute verschämt zu Boden. Dazu wollte sie nichts sagen. Aber auch die Stille verriet, dass es sich bei ihrem Verhältnis ähnlich verhielt.

Martin schaute traurig in die Runde. „Das war der Schlüssel, den ich suchte. Und auch der Grund dafür, dass Udo ermordet wurde. Udo hatte in seiner Vergangenheit ein Geheimnis, was niemand wusste. 1994, das war vor 22 Jahren, hatte Udo seine Ausbildung zum Bankkaufmann in Frankfurt gemacht. Als junger Mann war er viel unterwegs in Frankfurt und im Umland von Frankfurt. So kam es, dass er an einem bestimmten

Tag, das war Samstag, der 25. Juli, in Ronneburg, einem kleinen Dorf bei Frankfurt, zufällig auf der Durchfahrt mit seinem Motorrad ein Dorffest sah. Er aß und trank etwas. Da fiel ihm ein junges Mädchen auf. Sie war zwölf Jahre alt gewesen. Ich weiß nicht, was in ihm vorging. Vielleicht beobachtete er dieses Mädchen. Vielleicht gefiel sie ihm sehr. Das sind nur Spekulationen. Tatsache ist, dass er ihr in der Dämmerung auf einen Feldweg folgte. Das Mädchen war gerade auf dem Heimweg, als er ihr auflauerte, sie brutal zu Boden warf und vergewaltigte. Dabei trug er seinen Motoradhelm, sodass dieses Mädchen sein Gesicht nicht sehen konnte. Einzig und alleine seine markante Stimme hörte sie. Sie brannte sich ihr ins Gedächtnis. Halbtot ließ er das Mädchen auf dem Feldweg liegen und machte sich ungesehen davon. Ein Fahrradfahrer entdeckte das Mädchen und rief die Polizei. Der Fall ging damals in der Presse herum, konnte aber nie aufgeklärt werden. Auch die Polizei war ratlos, da es keine brauchbaren Spuren gab und so wurden die Ermittlungen bald eingestellt."

Martin blickte in die weit aufgerissenen Augen der Gruppe. Niemand sagte etwas. Es schien, als hätten sie aufgehört zu atmen.

„Das Mädchen war traumatisiert und musste jahrelang psychologisch begleitet werden. Ihre Welt stand Kopf.

Sie musste das Gymnasium verlassen und kam auf eine Hauptschule. Wahrscheinlich verlief durch diese Gewalttat ihr ganzes Leben anders als geplant."

Martin sah zu seinem Freund Gerald. Dieser hatte Tränen in den Augen und saß versteinert da. Er wagte es nicht, sich umzusehen. Starr schaute er in die Leere.

„Stellt euch folgendes vor", fuhr Martin fort, „und versetzt euch in die Lage des jungen Mädchens bzw. der heutigen Frau. 22 Jahre später besuchte die Frau ein Theaterstück, in dem ihr Partner mitspielte. Sie erwartete einen künstlerisch anspruchsvollen und entspannten Theaterabend. Dann plötzlich hörte sie die ihr so vertraute, markante Stimme auf der Bühne. Sie konnte es zunächst nicht fassen. War es richtig, was sie gehört hatte? Dann kam im Theaterstück eine Stelle, in der der Schauspieler eine Frau vergewaltigte. Da wusste sie mit Gewissheit: Dies ist der Mann, der ihr Leben zerstört hatte. Dies ist der Mann, der sie vor 22 Jahren halbtot auf dem Feldweg zurückgelassen hatte. Die schmerzhaften Gefühle, Todesangst und Hilflosigkeit, die sie damals empfunden hatte, überfielen sie wieder. Fieberhaft arbeitete es in ihrem Kopf. Was sollte sie nun tun? Sollte sie ihn zur Rede stellen? Sollte sie zur Polizei gehen? Sie ließ sich zunächst nichts anmerken und begab sich auf die Premierenfeier. Dann, spät am Abend, als sie sah, dass er einen Moment alleine im

Stuhllager stand, nutzte sie ihre Chance und sprach ihn an."

„Ich hätte ihn nie angesprochen", hörte man Lenis bebende Stimme. „Niemals hätte ich mich das gewagt. Doch dann spürte ich seine Blicke. Immer wieder schaute er mich an. Immer wieder suchte er meine Nähe. Ich versuchte ihm aus dem Weg zu gehen. Doch dann stand ich im Stuhllager, allein. Alle anderen waren plötzlich verschwunden. Er lehnte in der Tür. Da sah ich in seinen Augen, dass er mich erkannt haben musste. Er bekam einen seltsamen Gesichtsausdruck. Ich werde sein entstelltes Gesicht nie vergessen. In seinen grausamen Augen war etwas Schreckliches, was ich zuvor noch nie bei einem Menschen gesehen hatte. Er lachte mir ins Gesicht und sagte, dass er mir nutzlosem Stück Dreck damals besser den Hals umgedreht hätte. Dann zerrte er mich aus dem Stuhllager hinaus auf die Terrasse. Ich flehte ihn an, mich gehen zu lassen, doch er packte mich am Hals und stieß mich in die Garage. Er sagte, ich hätte es verdient. Ich sei nichts wert. Er geiferte mir ins Gesicht `Du wolltest es doch auch, Schlampe! Sag mir, dass es dir gefallen hat!´ Dann griff er mir in den Schritt. Es tat so weh. Ich war machtlos, konnte mich nicht wehrten, nicht schreien. Er drehte mich um und beugte meinen Rücken nach unten. Da sah ich den Schraubenzieher auf dem Regal liegen." Sie begann heftig zu atmen. „Ich drehte mich mit aller Kraft um und stach ihm den Schraubenzieher in seine Brust." Sie stockte und ließ den Kopf erschöpft auf die Seite fallen. „Als ich merkte, wie er von mir abließ, wurde mir schlagartig bewusst, was ich getan hatte. Ich bekam Panik. Fieberhaft arbeitete mein Kopf. Ich dachte an den Schraubenzieher und meine Fingerabdrücke darauf. Ich hatte schreckliche Angst. Dann wollte ich den Schraubenzieher aus seiner Brust herausziehen, um ihn verschwinden zu lassen, doch ich brachte es nicht über mich. Mich überkam Ekel bei der Vorstellung. Da wischte ich mit einem Taschentuch den Griff ab, so gut ich es konnte. Dann rannte ich so schnell ich konnte wieder zurück zu den anderen."

Es wurde es still. Katharina saß mit geöffnetem Mund da, ohne Kraft etwas dazu sagen zu können. Sie spürte tiefes Mitgefühl mit Leni, obwohl sie ihren Mann ermordet hatte.

Da saß Leni, zusammengefallen auf ihrem Stuhl. Gerald saß bewegungslos daneben. Martin senkte ebenso den Blick. „Es tut mir leid, Leni, was du erfahren musstest. Uns allen tut es leid. Dennoch hättest du ihn nicht selbst richten dürfen. Du hättest ihn nicht töten dürfen."

„Er hat mich getötet, lange zuvor."

Er nahm einen Stuhl und stellte ihn Leni gegenüber. Nachdem er Platz genommen hatte sprach er eindringlich: „Ich bitte dich inständig. Leni, gehe zur Polizei und stelle dich. Vielleicht wird es mildernde Umstände geben wegen Notwehr."

Sie blickte ihn mit wässrigen Augen ins Gesicht und nickte leicht.

„Allerdings wirst du dich für den Tod an Erik verantworten müssen."

Ihr Gesichtsausdruck wurde hart: „Er wusste, dass ich es war. Er sagte es mir ins Gesicht: `Du warst es, ich habe dich mit Udo zusammen gesehen!´ Ich musste ihn töten, sonst hätte er mich verraten."

„Ja". Dann sah Martin hinüber zu Gerald. Dieser war stumm geblieben. Dann stand er abrupt auf und sagte: „Ich danke dir, Martin. Ich danke dir zutiefst." Er ging langsam in Richtung Ausgang und verschwand in der Tür.

Auch die anderen standen einer nach dem andern auf. Niemand sagte etwas. Stumm verschwanden sie nacheinander, wie sie gekommen waren. Martin blieb mit Leni und Veronika zurück.

„Wir werden dich begleiten."

„Ja", sagte Leni.

Er nahm Leni am Arm und führte sie aus dem Theater.

13

Als Martin gemeinsam mit Veronika spät am Abend aus dem örtlichen Polizeirevier hinaus trat, hatte er ein beklommenes Gefühl. Er konnte Lenis Gefühle nachempfinden. Dennoch sagte er sich immer wieder, dass es richtig war, was er getan hatte. Leni musste sich für die Morde verantworten, auch wenn man ihr etwas Schreckliches angetan hatte. Sie hatte kein Recht, Udo umzubringen. Hätte sie sich ihm nur anvertraut. Er hätte mit ihr gemeinsam mit aller Macht dafür gekämpft, dass Udo zur Rechenschaft gezogen würde. Udo hätte seine Strafe bekommen, da war er sich sicher.

Veronika hakte sich bei Martin ein, während sie nach Hause gingen.

Sie fragte ihn: „Wie hast du herausgefunden, dass es Leni war?"

Martin sah sie an und antwortete: „Es war die Morddrohung, die mich auf den Gedanken gebracht hatte. Ich fragte mich, warum der Mörder nicht einfach auch Gerald umbrachte, so wie Erik. Aber nein, das tat er nicht, er warnte Gerald und kündigte eine Tat an, wenn dieser nicht aufhörte, weiter zu ermitteln. Das kam mir seltsam vor. Es musste eine Erklärung dafür geben.

Und die einzige Erklärung, die ich gefunden habe ist, dass der Mörder mit Gerald in Beziehung gestanden haben musste. Er konnte ihn nicht eiskalt umbringen. Da fragte ich mich, wer mit Gerald eine enge Verbindung hatte. Da kam ich auf Leni. Sie war am Mordabend da und könnte es getan haben."

„Aber als Erik seine Andeutung gemacht hat, da war sie nicht anwesend."

„Nein, aber Gerald erzählte es ihr. Sie wusste genau, was Gerald von wem erfahren hatte und was der Stand der Dinge war. Es war nur eine Frage der Zeit, bis sich die Schlinge zuzog."

„Ich verstehe."

„Nur sah ich kein Motiv und keine Verbindung zu Udo. Da erinnerte ich mich an das, was Gerald uns erzählte. Er sagte, dass sie in der Nähe von Frankfurt lebte. Auch Udo war eine Zeit lang in Frankfurt und zwar zu der Zeit, als Leni ein einschneidendes Erlebnis als Zwölfjährige hatte. Vielleicht gab es da einen Zusammenhang? Ich wollte unbedingt herausfinden, was sie damals erlitten hatte. Ich vermutete bereits, dass es etwas Intimes sein musste. Da ging ich zu meinem alten Bekannten Kommissar Frank. Gemeinsam suchten wir nach Sexualstraftaten in und um Frankfurt im Jahr 1994. Wir fanden einen Eintrag im Polizeiarchiv, in dem eine Tat beschrieben wurde, die nie aufgeklärt worden war. In allen Einzelheiten konnte ich nachlesen, was Leni erlitten hatte. Das musste es sein. Ich dachte nun aus Lenis Sicht über die Morde nach und Stück für Stück setzte sich das Puzzle zusammen. Alles fügte sich, also musste es so sein."

Veronika nickte. „Armer Gerald", sagte sie unvermittelt. „Er glaubte in Leni sein Glück gefunden zu haben."

„Ja. Ich denke, dass sich Gerald jetzt erst einmal von allem zurückziehen wird. Es wird eine Weile dauern, bis er das Erlebte verarbeitet haben wird. Aber dann wird er sehen, dass die Beziehung zu Leni auch etwas Positives zur Folge hatte. Er weiß nun, dass er Liebe empfinden kann und dass es wert ist die Liebe zu suchen. Ich hoffe für ihn, dass er das so sehen kann."

Veronika lächelte ihn an, schob ihre Hand in seine, legte ihren Kopf auf seine Schulter und sie liefen beide stumm und in Gedanken versunken nebeneinander die Straße entlang.

Weitere Bücher von Günther Tabery:

Ave Maria für eine Leiche

Der Fotograf Martin Fennberg möchte nach einer anstrengenden Hochzeit-Saison eine Woche Ruhe und Entspannung genießen und mietet sich in einem Retreat-Center in Dobel ein. Dort lernt er eine Gruppe interessanter Menschen kennen, die auf den ersten Blick gut zusammenpassen könnten. Doch dann, am zweiten Tag, geschieht ein Mord. Plötzlich werden alle der vermeintlich friedlichen Gruppe zu Verdächtigten. Niemand weiß nun mehr, wem er Glauben schenken und wem er vertrauen kann.

Stumme Gier

Der Fotograf Martin Fennberg kann es kaum glauben. Am Nachmittag betritt ein blasser, vor Schmerzen gebeugter Mann das Studio, in dem er arbeitet. Innerhalb weniger Momente stirbt der Unbekannte vor seinen Augen. Martin ist zunächst geschockt. Nachdem er sich wieder gefasst hat, untersucht er den Fremden und findet einen vielsagenden Zeitungsausschnitt in dessen Hosentasche. Er entschließt sich, auf eigene Faust etwas über diesen Fremden und dessen Schicksal heraus zu bekommen.

Doppelte Fährte

GÜNTHER TABERY

Doppelte
Fährte

Kriminalroman

Martin wollte in Heidelberg eigentlich nur seine Weihnachtseinkäufe tätigen, als er von einem jungen Paar angesprochen wird, das ihn zu einem Preisausschreiben überredet. Überrumpelt nimmt er teil und hat Glück: 350 Euro würde er ausgezahlt bekommen! Voraussetzung wäre allerdings, ein nahegelegenes Hotel zu besichtigen. Dort würde er den Preis erhalten. Ehe er es sich versieht, sitzt er in dem Taxi. Ihm wird angst und bange. Sein ungutes Gefühl trügt ihn nicht. Es geschieht dort ein mysteriöser Unfall.

Faules Ei

Martin und Veronika sitzen bei Pfarrer Rebler, um die letzten Einzelheiten ihrer Hochzeit zu besprechen, als sie vom Tod eines Mannes erfahren, der unter mysteriösen Umständen aus dem Fenster seiner Wohnung gefallen ist. Bei dessen Beerdigung am Morgen ist laut Pfarrer Reblers Schilderung nur eine Person anwesend gewesen, die um ihn trauerte, was Martin sehr ungewöhnlich und erschreckend findet. Seine Neugier ist geweckt. Er möchte mehr über diesen Menschen und dessen einsames Schicksal erfahren. Nachdem Martin eine rätselhafte Entdeckung macht, ist er sich sicher: Es muss Mord gewesen sein!